高卒　竜馬がゆく

JN122819

宮嶋　淳四朗

1．竜馬、入社する

「以上　新入社員代表の挨拶と致します」読み終え、男は社長に宣誓文を手渡し一礼した。

男の名は西郷竜馬《さいごうりょうま》。

生まれは東京都。都立三田園高校を卒業し、平成30年4月2日、めでたく日東富士電機に入社した。日東富士電機は、昨年度の売上、8兆6千億円という日本有数の大企業だ。

そこに今年、入社した901人の中に西郷竜馬がいた。

日東富士電機の本社採用は全員が学卒または院卒だが、ただ一人、高卒の西郷竜馬が混じっていた。

入社式では、入社試験で最高得点をマークした者が、社長の前で宣誓するのが慣例で、その代表は新入社員の尊敬の的となった。司会の人事課長が出身校を紹介するわけでもないが、例年、東大もしくは京大出身者が代表になるのが実態だった。

西郷竜馬の出身校は人事部の一部しか知らない。大企業だけに個人情報の取り扱いは、厳重且つ徹底しており、社長ですら西郷竜馬の出身校は知らされていなかった。

西郷竜馬が本社採用に至った経緯は、ミスの連鎖が生んだものだった。

日東富士電機の採用担当は4月から9月の上半期は超繁忙期で、連日、深夜まで残業が続いた。具体的な採用としては、技術職は高専卒以上の学校、事務職は大学もしくは院卒が対象。一方、地方を拠点とする工場の技能職は、主に工業高校または専門学校を対象に求人票を発送した。その他に各工場の裁量で、短大の事務職を若干名採用することができるのだった。

求人票の発送業務を担当する技能職採用の武田聡《たけださとし》が、誤って都立三田園高校に求人票を送ったことがミスの始まりだ。

連日の残業で疲れていた武田は、その日も夜遅くまで発送業務に追われていた。封筒に対象校宛のラベルを張り付ける単純な作業だが、武田は誤って封筒の山に、コーヒーカップを倒してしまった。

「あ～あ、しょうがないなぁ、後は手書きにするか」とぼやきながら、汚れて御釈迦になった封筒3枚を手書きにすることを決め、濡れた封筒を見ながら住所を記入した。御釈迦になった中に三田工業高校があったが、武田は無意識に三田園高校と書いてしまった。

三田園高校は都内有数の進学校で武田の母校でもあった。その武田は慶応大学法学部を卒業している。

日東富士電機から送られてきた求人票を目にしたのが西郷竜馬だ。竜馬は東北大を第一志望にしていたが、父の会社が倒産し進路変更を余儀なくされた。担任は奨学金で大学に進むことを勧めたが、竜馬は高卒で働くことを決め、求人票を閲覧《えつらん》した。と、言っても都内有数の進学校に求人票が送付されることは皆無で、進路指導部の教諭も日東富士電機からの求人票に首を捻《ひね》っていたところだった。

「ここに決めた」ひとりごちて頷いたが、求人票は1社だけしかなく、そこに決めるしか選択の余地のない竜馬だった。

本人の意思を尊重し、担任は関係書類を日東富士電機に送った。本来であれば履歴書の受理期間を確認し送るのが常だが、担任は就職の書類を送った経験がなく、確認もせず発送したのだった。

日東富士電機の人事部は届いた履歴書の仕分けに精を出していた。ほとんどが高専、大学、大学院の応募で、それを理系と文系に分ける作業だ。何分にも就職人気ベスト10に毎年入る会社だけに応募は半端ない数になる。担当者は応募封筒を開け履歴書を出し、学校名や学部で判断し、機械的に仕分けるのだった。

「んっ、三田園？」中村朋美《なかむらともみ》の手が一瞬止まった。見たことのない学校名に躊躇《ちゅうちょ》した。さらに中村は疲れからか、三田園の次にある〝高等学校〟の文字を見落とした。毎年、新たに開校したところからも応募があることから、中村は新たな学校からの応募と思い込み、文系の仕分け箱に竜馬の履歴書を入れた。

日東富士電機の入社試験は８月から順次、開始する。

他の会社は５月連休から開始するところがほとんどだが、日東富士電機は学生人気の高さ故に、遅れて内定を出しても学生は必ず来るという自負から毎年、少し遅らせて開始した。

また日東富士電機の試験方法はユニークなもので、ペーパー試験は自社版を作らず、先進20か国に拠点を持つ、ＢリクルーターのＳＰＥテストを採用していることだった。ＳＰＥテストは言語素養と数理素養を判定するテストで、本人の潜在的なロジック能力が如《によ》実《じつ》に分かるものだ。

さらにユニークなのは、面接方法だ。先入観にとらわれず個人を見極めることを第一目的にしていることから、履歴書等は一切、面接官に配らず、直接、面接に臨むものだ。面接官の人数は10人で社内からは、抽選で決まった担当、主任、課長、部長、事業部長、執行役員から各1人と社外株主2人、さらに社内清掃業者で働くおばさんと社内食堂で働くおばさんの合計10人があたる。特に掃除のおばさんと食堂のおばさんは人の本性を見抜く眼力《がんりき》に優れていることを考慮し、日東富士電機では敢えてメンバーに加えていた。

面接を受ける学生も面接官と同数の10人が集団で受ける仕組みを取っている。組毎に面接が終了した時点で、面接官は手元のボタンで合否の判定を即座に行う。過半数である6人以上がボタンを押した場合、面接は合格となる。次に面接合格した者のSPE結果を人事部が確認し、AからIの9象限のうちD象限までに入っている者に対し、最終的に内定を出す仕組みを取っている。このパターンで当初計画した採用人数に到達するまで実行するのが、日東富士電機の採用戦略だ。

最初に人事部の武田聡が大学・高専に送るべき求人票を三田園高校に送るミスがあり、竜馬の担任が履歴書を受理期間前に発送したミスがあり、人事部の中村朋美が技能職の採用担当に回すべき竜馬の履歴書を学卒文系の応募書類箱に入れたミスがあり、面接官は高校生とも知らずに面接したミスの連鎖により、西郷竜馬はめでたく内定となったのだった。

そして、SPEの最終結果を見ると、竜馬がトップの点数を打ち出したのだった。もともと東北大学を目指すほどの学力と、小学3年時に受けたIQテストでは、採点が間違っていないか再チェックされたほど、高いIQだったことから察するに、当然とも言える結果だった。

2. 初任配属

3か月の新入社員教育を終え、初任配属の日を迎えた。

901人の新入社員のうちスタッフとなる文系出身者は196人。このうち事業企画、人事勤労、経理財務、資材調達の4部門に分けられ配属されるが、初任配属先は地方工場行が慣例として決まっている。

「西郷竜馬」人事部長が歯切れのよい声で読み上げる。

「ハイ」緊張した面持ちで竜馬が起立。

「東北工場、人事総務部勤務を命ずる」

「ハイ」元気に返事し一礼するも、竜馬には東北と聞いてピンと来るものがなかった。

せいぜい修学旅行で行った、仙台青葉城址、松島、平泉中尊寺、盛岡の小岩井農場を思い出すぐらいだ。

大会社は福利厚生も充実しており、転任休暇を４日もらえる。この４日間で転勤先での生活準備をしなければならないが、竜馬は独身寮を希望したので、ほとんど準備するものはなかった。

連日、大学に進んだ友人らが企画した、送別会や激励会に顔を出した。

最後の晩だけはつきあっているクリスと夕食を摂った。クリスは日本人の母とアメリカ人の父を持つハーフで上智大学に進んだ。

「竜馬も今頃は私と同じようにキャンパスライフを満喫してたのにね、サラリーマンなんて」

「高卒サラリーマンもいいかも」負け惜しみではなかった。

「でも、不思議ね、日東富士電機が高卒の事務職を採るなんて」

「僕もそれは不思議に思った、技能職で応募したんだけどね」竜馬にミスの連鎖を知る由もなかった。

「夏休みに行ってもいい？」

「もちろん、待ってる。でも学内でイケメンの彼ができたら無理しなくていいよ」

「もち、その時は行かないわ、いいの？」意地悪な言い方で竜馬を困らせるクリスだ。

「東北の地で凍え死にするかもしれないから、一度は来て」東北工場は一関市にある。太平洋側のため普段の生活では、凍死するようなことはないところだ。

「じゃ分かった、必ず一度は行くことにする、頑張ってね」微笑みながら顔を近づけ竜馬にキスした。当然、竜馬にとってはファーストキスだが、ハーフのクリスにとって特別なことではなかった。

3. 東北工場着任

駅の周りは緑一色に染まった田園だらけの〝くりこま高原駅〟を通過。間もなく一ノ関駅のアナウンスが車内に流れた。

駅に着き改札を出ると、小柄で禿《は》げた男が立っている。

「西郷くん、お疲れ」東口で待っていると電話をくれた、主任の北宇海幹雄《きたうみみきお》だ。

「西郷です。お世話になります」北宇海の後に続き駅を出たが、工場は目の前に鎮座している。

「直ぐですね」あまりに近い立地に思わず声が出た。

「日東富士電機の工場では一番アクセスがいいんじゃないか」

工場に入るなり、北宇海が竜馬を幹部に紹介した。

「西郷竜馬か、偉い人物が来たね」歴史ものが好きな工場長の日和井有一《ひわいゆういち》だ。

「まずは従業員と仲良くな」意味深なことを言う、温厚そうな人事総務部長の発登敏郎《はっととしろう》。

「あまり遊ぶとこないから、早く麻雀でも覚えろ、それからゴルフも」遊びか…意外なアドバイスをくれた人事総務課長の原黒辰文《はらぐろたつふみ》。

「後の幹部はおいおい紹介するから、日和井さんは東大、発登さんは早稲田、原黒さんは中央の法科だから、同窓じゃないと思うけど可愛がってもらえ」個人情報の徹底から、ここでも竜馬の出身校は知らされていない。

竜馬の採用は本社人事部としては失態だけに、なおさら人事情報を開示することはなかった。その為か本社人事部長から「個人情報はむやみに開示してはならないぞ」と釘をさされた竜馬だ。

「ところで主任は?」

「俺か?俺は京都だ」

「みんな凄いですね」

「日東富士電機だからね、日本の大学の上水を掬《すく》ってるようなもんだ、ところで西郷くんはどこ?」

「僕は大学芋ですから」

「何、訳の分からないこと言ってんの、個人情報ってとこか?まっ、言わなくても大体見当はつくけどな」

人事部長の忠告に従ったが、主任が何を勘違いしたのか、少し興味が湧いたところだった。

それにしても個人情報と言いながら、北宇海は幹部の出身校をすべて把握している。おそらく、誰もが自分で母校を言っているに違いないのだ。母校に誇りを持ち、同窓の先輩、後輩がいれば、そこに仲間意識が生まれる。まったく実務に関係しないコミュニティができあがる。さらに自分より偏差値の高い学校出がいると、自分はレベルの高い仲間と同等に仕事している、俺の能力は高いと他人に自慢したいだけなのだ。

4．工場出勤、初日

着任日は北宇海主任の配慮で午後4時に放免《ほうめん》となり入寮した。

独身寮は3階建てで約200人の男子寮生がいる。他に借上げの女子寮が3つあり、ここには120人ほどの女子が入っている。

工場出社初日の朝、人事総務部員、約50人の前で自己紹介となった。事務スタッフは30人ほどだが、人事総務部員には、寮長、警備員、社有車運転手、看護師が含まれる。

「昨日、着任しました西郷竜馬です」集まった部員から「お〜」という声が漏れた。いつものことだが、名前を言った途端に反応する現象だ。

「出身は東京です。高校は三田園高校です」また「お〜」という声が上がった。さすがに全国レベルでの進学校だということを竜馬も再認識した。

「東北で知っているのは仙台、松島、平泉、盛岡ぐらいです。知らないところが多いので、皆さん宜しくお願いいたします。趣味は読書、映画鑑賞、スポーツ観戦です。僕個人としては剣道とスノボーを少々です。酒は高校の時に急性アルコール中毒になり、救急搬送されましたので、一切呑みません。呑ませると殺人罪に問われかねませんので気をつけてください」一斉に笑いが起きた。

「それから西郷家は代々喫煙しない家系ですのでタバコは吸いません。今、西郷家と言いましたが、あの西郷隆盛《さいごうたかもり》とはなんら関係ありません。それに竜馬もあの坂本竜馬《さかもとりょうま》の名前をいただいた訳ではありません。父が辰年生まれで競馬が大好きなものですから、竜馬と命名されたようです。最後に皆さん、僕を呼ぶときは竜馬でお願いします。本工場の発展のため微力ながら精一杯頑張りますので、宜しくご指導ご鞭撻《べんたつ》のほどお願い申し上げます」

万雷《ばんらい》の拍手が起き、卒なく挨拶を終えた竜馬の顔は、ほんのり朱く染まった。

「さすが、トンペイ(東北)だね、挨拶良かったよ、早速、歓迎の一献と思ったけど、ドクターストップじゃだめだね」北宇海が挨拶終了後に寄ってきた。北宇海は竜馬の出身校を東北大と早くも勘違いしたようだ。勘違いしたのには、それなりの理由があった。

東北工場人事総務部に初任配属された者を見ると、お決まりのように東北大法学部出身で連続3人が配属となっている。それに竜馬の挨拶の中で仙台の地名を出したことが、北宇海の確信となったようだ。このことは北宇海だけではなく、挨拶を聞いた人事総務部員が同じようにインプットしたことだった。そして発登人事総務部長が今年の入社式の代表挨拶を務めたことを紹介した為、部員からはリスペクトの眼差しが注がれた。

その後、竜馬は担当業務について北宇海からレクチャーを受け、午前中は工場内関係部門への挨拶、午後は市内官公庁と記者クラブへの挨拶回りで初日を終えた。

5. 寮長代行

担当業務は厚生担当を言い渡された。

主な仕事は文化体育イベントの企画・実施、文体サークルの事務局、独身寮の運営総括、警備室・診療室運営総括、それに転勤社宅・駐車場の管理と多岐《たき》に渡っている。実務部隊としてはリーダー山具地《やまぐち》弘《ひろし》と今年、地区採用で入社した青木《あおき》彩夏《あやか》女史との3人だ。不思議なのは、通常、地区採用の女子は短大卒なのに、青木女史は自己紹介で日体大と言った。（学卒がなぜ、コネ？）と思ったが、竜馬自身もあり得ない入社だったことから、それ以上の詮索を止めた。

女子寮の寮長は、官公庁の定年退職者を採用した。官公庁出身だけに業務は卒なく遂行する。但し官公庁出身故に公休の他にも、月1ペースでしっかり休暇を取る。この休暇対応だけは、厚生グループが代行することになっている。

着任3日目にして、竜馬にその任務がやってきた。

「橋本寮長の説明をしっかり受ければ大丈夫だから、それから下着は派手目でないのを…」山具地が意味深なアドバイスをくれた。（女子寮だから派手はダメなのか？見せる訳でもないのに）と思うも、それ以上は無駄と思考を止めた。

午前9時、橋本寮長の引継ぎを受け、寮長代行を開始した。

開始と言っても何もない。火災予防と不審者の侵入防止の為、必要により寮内及び室内の巡回チェックをするようにと言われたが、ほとんど何もしないのが実情のようだ。寮生が帰って来るまでは、テレビでも観て留守番するしかない。まったりとした時間をくつろぎ、快適な気分を味わえるものと思ったが、何もしない時間を長時間過ごすことぐらい疲れるものはないことを初めて知った。

午後6時を過ぎたところで、寮生が三々五々帰って来た。

竜馬はそろそろと思い、風呂のボイラーのスイッチを押した。ボイラーをON・Offにすること、午後10時の門限に玄関、共通エリアの戸締りをすれば任務完了という至って簡単なものだ。

寮生は帰って来るなり、寮長室前にあるボードに立ち止まり、自分の名札を返す。副寮長の名札が返ったところで声をかけた。

「お帰りなさい、お疲れ様」

副寮長の甲田麻友《こうだまゆ》が踵《きびす》を返しながら「あっお疲れさまです」初対面に見せる笑顔だ。

「ちょっといい、寮長の寺田さんが忌引きで実家に帰ったようなので、副寮長さんに確認したいんだけど」

寮には人事総務部所属の寮長と、寮生の互選で決まる寮長と副寮長が存在する。紛らわしいネーミングと竜馬は思った。

「ハイ」と言うなり、寮長室に入り麻友はソファに腰かけた。

「お風呂のことだけど、沸いたら僕が最初に入るけどいいよね」

先ほどまでの笑顔は消え「それはダメです、寮生が全員入ってからにしてください。それ橋本寮長から言われませんでした？」

「残念ながら、そこの申し送りがなくて訊いたんだけどね」

「寮長はいつも寮生の後ですよ、そう決まってますから」忖度《そんたく》の余地なくきっぱりと言い切る麻友。

「分かった、最後に入ります。ありがとう」

「寮長代行頑張ってくださいね」笑顔に戻り、麻友は一礼して寮長室を出た。

6. 新任の洗礼

副寮長の甲田麻友から全員の入浴終了を告げられたのは10時半。門限ギリギリに帰ってから入浴する者もいることでやむを得ない時間だ。

女子だけの寮なので風呂場に鍵などはない。不安な気持ちを抱きながら脱衣し、湯煙の立つ浴槽に躰を沈めた。大きな浴槽に一人で入る気分は爽快《そうかい》だ。しかし、お湯に目を転じ蒼《あお》ざめた。お湯には浮遊物が点在している。髪の毛や陰毛と思われるもの、垢《あか》らしきもの、よく分からないがぷよぷよの白いものも浮いている。若い子が入った浴槽に入ると若返るなんてことを、何かで読んだことがあるが、（病気になりそう）と比較的、潔癖症の竜馬は唸った。それらを手でかき分け、桶で掬っているうちに躰もほどよく温まり、竜馬は躰に着いたと思われる不純物を流そうと洗い場に移った。

頭を洗い、躰を洗っていると風呂場の引き戸がカラカラと乾いた音を発した。

（えっ、何？そんなはずは…）と思い、躰を反転した途端、「キャー」という声が浴室に響いた。

竜馬は、即座に状況を呑み込めず、狼狽《ろうばい》し風呂場の床に臀部《でんぶ》を打ちつけた。湯煙の向こうには3人の寮生が立ち、険阻《けんそ》な顔で竜馬を睨《にら》んでいる。

「ど、どうして、みんな入ったんじゃないの？」

「誰が言ったんですか、私たちまだですから」

「これ大問題ですよ、セクハラですよ」

「それ以上に覗きの猥褻《わいせつ》ですから」3人がたたみかける。

「副寮長がOKって言ったから入っただけだよ…」ことの重大さに気づき竜馬の声は上ずっていた。

「何言ってるんですか、私たちお花の稽古で遅くなっただけですから、本当は容赦しないところですけど、今日は西郷さん初めての寮長代行のようだし、土下座してくれたら許してあげるけど」

「どうします?」

「土下座か」竜馬は唸った。

「分かった。しますよ」竜馬は観念し、言われるままに3人に正対した。

左手で股間を隠し、右手を床につき「誠に申し訳ありませんでした。以後、気を付けますので、今回はお赦し願います。」

3人が頷き「分かったわ、今度だけ赦します。それじゃ、ここ早く出てって」竜馬は躰を丸め、左手で股間を隠しながら、3人の前を通り過ぎ脱衣場に消えた。

「…って、筋書だったんじゃないの」3人の顔が急に蒼ざめ、たじろいだ。

「いいかい、お風呂に入るのに誰が前をバスタオルで隠しますか、温泉じゃあるまいし、ここは寮の風呂ですよ、バスタオルでは入らないでしょ、このことは橋本寮長も人事総務も、おそらく暗黙の了解だったんじゃないの?山具地さんが『下着は派手目でないものを』と言ったとき、なんかおかしいなと思ったんだよね」

竜馬の剣幕《けんまく》に恐れをなし、3人の躰が小刻みに震えだした。

「おそらく新人寮長代行の洗礼ってやつ、そうじゃないの?んっ」3人を睨み、返答を催促した。

ひとりが渋々「そうです」と白状した。

「そうだと思ったよ、これまでの新人寮長代行は恥ずかしい思いをさせられたんだね、恥ずかしいから公にもできないでいたんだよね、だけど僕は騙《だま》されなかった、そうじゃないの?」

「…ハ、ハイ」観念した力ない声で3人がうな垂れた。

「3人のやったことは許さないからな、いいかい、12月賞与は3人とも激減するから、覚悟しな」

「え～なんで?」3人が一斉に声を張り上げた。

「今年の春闘で賞与は業績賞与を採用することが決まったよね、担当・主任クラスは基本賞与が50％、残り50％が成績で決まる仕組み。会社は個人の業績を正しく評価し、頑張りに見合った賞与支給と言ってるけど、そんなの嘘っぱちよ、業績賞与なんて会社が原資を抑える手段よ、何か会社にとって気に食わないような奴がいる場合は、その者の賞与を減らすだけよ、言わば懲戒賞与ってやつ、おそらく賞与アップするのは労組幹部ぐらいじゃないの、労組幹部は自分の賞与は下がらないだろうという自信があるから、会社の提案を受け入れ、機関決定してるのさ」

「え〜そうなんですか、でも成績査定は上司がするんですよね」

「そうだよ、だけど額を最終決定するのは人事総務なんだよ、日本人の大半は自分の評価を正しくできないからね、どちらかというと謙虚な民族だから過小評価するんだな、だから減額しても本人が評価した通りだから文句は言えないの、分かる？」

工場の従業員には、人事総務部の人間を〝雲の上の人〟と勘違いしている者も多い。竜馬の担当が厚生業務で賞与に関係していないことなど知る由もなく、竜馬の言うことをそのまま鵜呑みにするのだった。

「分かったか、それから僕は股間を隠して、すごすごと立ち去るような情けない男じゃないからね、この通りさ」と言い、竜馬はその場に仁王立ちになった。

腹から股間にかけて泡だらけで、3人が目を覆うことはないが、泡の中に大きな物が潜んでいる気配は感じることができた。

竜馬の身長は165センチで成人男性の平均以下ではあったが、本人は予てから「俺は末端肥大《まったんひだい》だ」と豪語するだけあって、頭の大きさ、手足のサイズは平均値を大きく上回っている。もちろん、一物もだ。

「お前たち、恐らくクジかなんかで決まったんだろうけど、バスタオルで隠したとはいえ、裸で出てきたところを見ると、どうせ生娘《きむすめ》ではないだろう、どうだい、お互いに素っ裸になり、隠したいところもさらけ出して、今回のことはきっぱり水に流すということで…そして今日のことは以後、４人の秘密ということで、他言無用では？」

３人は顔を見合わせ、小声で相談し「分かりました。騙してごめんなさい。ひとつ確認ですけどボーナスの件は大丈夫ですよね」やはり賞与の件は効いたと竜馬はニンマリした。

「今夜の件は絶対に４人の秘密ですよね」さらに念を押す。

「もちろんだよ、西郷竜馬に二言無しだよ」

言い終わらないうちに、３人は意を決しバスタオルを外した。３人の乙女の白い姿態が竜馬の前に晒《さら》された。３人は同様に胸を両手で覆い、太ももで下腹部を隠すように立った。

(右の子はA、真ん中はG、左の子はCカップだな）などと竜馬の脳が瞬時に分析した途端、若く健康な竜馬の一物が反応した。泡に覆われた一物は、雲海をかき分け昇天する竜の如く猛り勃った。

３人の乙女はその様に目を剥き、息を呑んだ。蒼ざめていた躰が、見る見るうちに朱く染まった。

「彼より大きい」思わず一人が呟いた。

「どうだい、これで終わり、俺はもう上がる、躰も冷めただろうから早く入ったら」その言葉に３人はいち早く湯船に飛び込んだ。無防備なその姿は竜馬に胸も下腹部も披露する形となった。

翌朝、出勤すると、待ちかねたようにして北宇海が「初代行どうだった？」と意味ありげにニヤリ顔を近づけてきた。

「特に問題なく遂行しました」

「あっそ、問題なかった？」力ない言葉を発し、首を捻った。

「それから一部、戸締りと電源の不備がありましたので、朝礼後に甲田副寮長に来るように話しました」

最後の報告も聞かず、北宇海は竜馬に背を向けた。

7. 正門でのビラ配り

竜馬は一年間の担当業務を卒なくこなし、翌年の人事異動では人事と労務の担当になった。

ある日のこと。北宇海が窓越しに正門を見て竜馬を呼びつけた。

「おい、あそこでビラ配りしている奴と喧嘩してこいや」言われるままに正門を見ると、大人2人が従業員にビラを配っている。傍の軽トラックには、赤い旗がくくりつけられている。

「左翼党ですか？」

「かもな、『ビラ配り止めろ』って言って来い、奴は市議会議員の大川だよ」

「何て言うんですか？」

「そんなの自分で考えてさ」（よくもそんな無茶ぶりを、パワハラじゃん）と思うも京大を出て、プライドだけで生きている万年係長には通用しないと悟り、竜馬は正門に向かった。

「すみません、ここでのビラ配り止めてくれませんか、大川さん」竜馬は丁寧な口調で話しかけた。

「何ですかあなたは？」

「私は人事総務部の西郷と申します」

「おっと、左翼対策のお出ましかい？」

「左翼対策?·そんなのもう古い話ですよ、この図面見てくれますか?·」会社の敷地図面を拡げた。

「これが何か?·」

「大川さん、あなたが立ってるとこ、弊社の敷地内ですよ、分かってます。不法侵入ってわけ」

大川は図面と自分たちが立っているところをもう一度確認した。

「確かにこれは失礼した」急にトーンダウンとなった。

「まっ不法侵入は大目にみましょう。私が問題視しているのは、地域の環境美化なんですよ、あなた達からもらったビラを捨てる者がいて、地域住民から苦情が来るんですよ」

「優良会社の従業員がそんなことしないでしょう」

「大川さん、あなた達が配っているのは弊社社員だけじゃないんですよ、この正門を通る人、全員に配ってるじゃないですか」

「それはそうだけど止めませんよ、止めろというのは会社の方針ですか」

「また会社とか組織を前面に出そうとするんだから、僕は善良な市民の一人として言ってるんです。それに何ですかこのビラの内容、長時間労働の是正、サービス残業止めろ！風呂敷残業は悪だ！左翼党が大企業を糾弾《きゅうだん》したいのは分かりますけどね、大企業は昔と違ってコンプライアンス重視で1分でも、しっかり残業代払ってますから、ピントずれてますよ、労働基準監督署だって法定割増以上の残業代をもらっている、うちの従業員が文句言っても後回しですから、まだまだ賃金未払い・最賃違反の中小企業があり、そちらの監督指導で忙しいのが実情ですよ。ところでそこの若い方、僕と同じくらいのようですけど、カール・マルクスの〝共産党宣言〟読んだことありますか？」

「ないね」

「でしょうね、じゃ小林多喜二《こばやしたきじ》の〝蟹工船《かにこうせん》〟は？」

「読んだことないな」臆面もなく答える。

「大川さん、これが実態なんですよ、イデオロギーなんて関係なし、党員も生活重視なんですよ、今日ビラ配ってなんぼの世界なんですから」

「そんなことないですよ、崇高な理念のもと我々は活動してますから」

「やめなさいって虚勢張るのは、国会見たって左翼党はだらしないじゃないですか、野党統一候補なんて詭弁ですよ、市町村議会はしっかり左翼党候補を擁立しているじゃないですか」

「確かに地方の左翼党はしっかり取り組んでいるんだよね」大川は同調した。

「それにモリ・ザル問題や獣医大学問題でも本丸に切り込めない脆弱《ぜいじゃく》さ、阿法財務大臣に居座られても辞任に追い込めない頼りなさ。国民は重要法案を蔑《ないがし》ろにして、野党はただ無駄に審議時間を削っているとしか思っていませんよ」

「それは同感」

「今の大企業は、ネットや週刊文旬に十分監視されてますから、それより傲慢《ごうまん》な総理をなんとかしてくださいよ」

「わが党も頑張ってるけどね」

「さらに言うなら、昔の左翼党は筋が一本通っていて僕は好きでした、僕の小学・中学のときの考え方は左寄りだったもの」

「どうしてこんなになったんだろうね、わが党は」大川が大きく唸った。

「大川さん、今の日本はアナログからデジタルに大転換する大事な時期なんですよ、長時間残業も多くの大企業ですら、まだアナログ発想で『頑張って定時で帰ろう』とか『気合で乗り切ろう』なんて言ってるんですよ、時間外を減らすには〝仕事のしくみ〟を理解しなければならないんですよ」

「〝仕事のしくみ〟それはどういう事？」

「いいですか大川さん、あなたの仕事もそこの若い方の仕事も、そして私の仕事も2つの仕事に分かれているんですよ、〝一人でやる仕事〟と〝他人が関与する仕事〟の2つなんですよ、違いますか？」

「確かに、その2つだけだね」

「そうでしょう、日本ではその割合が4対6なんですよ、4が〝自分一人でやる仕事〟。そうすると、もし8時間、〝他人と関与する仕事〟をやったとすると、22時頃まで〝一人でやる仕事〟が残るんですよ、つまり残業ですよ」

「なるほど、そうなるね」

「長時間残業を減らすには、〝他人が関与する仕事〟をまず減らす工夫が必要なんですよ」

「納得性があるね、他にもあるの」

「色々とありますよ、また機会がありましたらお話しますよ、だから本日のところは生産性の上がらないアナログ作業は止めてお帰りいただけませんかね」

「いつもはわが党の敵とばかりに論破しようと息巻いたけど、今日は完敗だな、西郷さん今日はおとなしく帰りますよ、さっきの続き、機会がありましたらお願いしますよ」

「いいですよ」

竜馬は、北宇海にけんかしビラ配りの2人には帰ってもらったことを報告した。

「意外とやるね」と言うなり、北宇海は経理部主任の箱崎新一《はこざきしんいち》と約束していた夜の大町通りへと向かった。

後日、左翼党山ノ目支部から人事総務部長の発登宛に講演依頼の封書が届いた。中を見るとテーマ〝今が変革のとき、地方における左翼党の在り方〟講師　日東富士電機一関工

場　人事総務部　西郷竜馬殿とある。

左翼党からの異例の講演要請に「なんで？」と発登は竜馬を見ながら首を捻った。

8. 右翼との対峙

〝常に穏便に〟が信条の発登は、工場長の日和井に相談し、後日、左翼党の申し出を受けることにした。

西郷竜馬は、講演で今はイデオロギーの時代ではない、サラリーマンの究極的な幸せを求めるのが先決と持論を2時間ほど喋った。講演はことのほか好評で、大企業が左翼党のために講演を受託したことが、大きな話題となり党新聞で大きく取り上げられた。そのことを知った左翼党委員長が日東富士電機の労務担当取締役に御礼の挨拶をしたことで、西郷竜馬の名前は日東富士電機の幹部に知れ渡ることとなった。

竜馬は日東富士電機の労務担当重役から電話を受け、左翼党での講演について、労いの言葉を頂戴した。

話を終え、電話を置いたところに、また電話が鳴った。

「はい、人事総務部」

「警備室の斎藤ですけど、今、黒色に菊の御紋と日の丸が書かれたバスが来まして、社長に会わせろと言ってますけど、どうします？」

（今度は右翼か）咄嗟《とっさ》に竜馬は察した。

「社長のアポイントは取ってますか？と訊いて、取ってなければ会うことできませんと言って」

「分かりました」

ほどなくして警備から電話が来た。

「『大会社はやっぱりアポ取らないとダメか、じゃこれを社長に渡してくれ、また明日来るから』と言って帰りました」

（やはり、ゴリ押しはしなかったか、紳士になってきたからな）とひとりごちて、竜馬は警備室に向かった。

置いて行った手紙を開けると、日東富士電機が不当に下請け会社を虐《いじ》めているという内容の抗議文だ。読めば読むほどでたらめな内容のてんこ盛り。その手紙を主任の北宇海に渡すと、北宇海は課長の原黒へ、原黒は部長の発登へ、発登は工場長の日和井に手渡した。日和井は手紙を読むなり「なんとかしろ」と発登に返した。「何とかしろ」が今度は逆ルートで流れ、結局、竜馬に戻ってきたのだった。

大企業のエリートと言われる人は、誰もが火中の栗を拾うようなことはできるだけ避ける。そして部下の手柄は自分のものとし、失敗は他人に擦り付ける。これが大企業で偉くなる処世術のようだ。

竜馬は早速、本社の特命部門に相談した。特命部門のアドバイスは「丁重に対応し、できれば応接室に通しお話を聞きなさい」だった。

さらに警察にも助言を求めようと竜馬は山ノ目警察署に出向いた。担当官は「応接室に招くなんてとんでもない、警備室で食い止めてください、できれば警備員がぶん殴られるといいんだけどな」と言う。ぶん殴られれば警察も出動しやすいと言うが、誰が好んで殴られるものかと思った。

竜馬は左翼党の時のように、真っ向勝負にでることを決めた。

予定通りに漆黒のバスが正門に到着した。中から迷彩つなぎを着たスキンヘッドの男が、警備室に近づいて来た。

「護國維新會《ごこくいしんかい》の方ですか？」竜馬は尋ねた。

「いかにも、そうじゃが、おぬしは社長か？」剃り上げた額に皺《しわ》がよった。

「私は人事総務部の者です。お待ちしておりました。」

「おう、社長はどうしたんじゃ」高圧的な物言いをする。

「手前どもは工場ですので、ここには社長はおりません。ここで話しているところを従業員に見られると都合が悪いものですから、よかったらバスの中でどうでしょう？」体裁の悪い顔をつくった。

「バスの中？いい度胸してんじゃ、じゃぁ入んな」竜馬はスキンヘッドの後に続いた。

バスには、運転手の他、同じ服装の男が3人バラバラに座っている。スキンヘッドの指示するシートに竜馬は座った。同時にバラバラに座っていたスキンヘッドの仲間が竜馬を囲むように近寄ってきた。

「これまでバスに乗り込んできた奴はいないよ、おめぇの名前は？」

「西郷竜馬です」バスの中の空気が一瞬固まった。

「馬鹿言うんじゃないよ、西郷先生と竜馬先生の名前を出して」スキンヘッドは呆れるよと言い苦笑した。

「本名ですよ、これが名刺です」竜馬は1枚取り出しスキンヘッドに渡した。

「ほぇ～ほんとだよ、おったまげた、すげ～名前だな、お前は」近くの男も名刺を覗き込み、目を丸くした。

「どうりで肝が据わってるわけだ、今まで色んな企業に顔を出したけど、自分の名前を言ったのはお前が初めてさ、それに名刺を差し出す奴なんてまずないから、さらに街宣車に乗り込むなんて、半端ない奴だなお前は、気に入った」初めてスキンヘッドの口元が緩んだ。

「ところで抗議文拝見しましたが、事実無根の内容ですよ」口元の緩みにつけこみ竜馬は口を開いた。

「下請け業者の虐めなんて大会社はどこでも大なり小なりやってることよ、調べたんかい？」

「昨日、関係部門に手配し、徹夜で調べました」いつものことながら、竜馬のハッタリだ。

「徹夜、それはご苦労さん、あろうがなかろうがこっちとしちゃ、どうでもいいことよ、大会社をビビらせ、少しでも駄賃が稼げればいいってことよ」

「そうですか、でも残念ながら弊社としては抗議文に記載の事実はないので、びた一文ご期待にはそえません」

「つれないこと言うなよ、西郷竜馬さん、幕末の英傑《えいけつ》なんだから、少しカンパしたってバチがあたらないんじゃないの」傍の男たちが大きく頷いた。

「それは無理です」竜馬は、毅然《きぜん》と返した。

「子供の使いじゃないんだから…じゃ工場長と会わせてよ」

「会わせたいところですが、タイミングが悪かったです」

「何が？」

「弊社は明日から1週間の夏休みで、工場長は今日、休暇を取って帰省しました」

一関工場の売上はＮＮＴからの仕事がほとんどで、年間の生産計画が決まれば、品質事故にだけ注意すればいいだけに、工場長は特に多忙ではなかった。それ故に、連休前日は休暇を取ることが常だった。

(今回も怖い奥様に〝ゴマスリ団子〟を買って帰省したはず）と竜馬は思った。

「確かに手ぶらで帰すことは失礼でありますので、私も皆さんと共に北海道に渡り、宣伝活動をしますよ」

「なんで北海道に行くこと知ってんの？」

「いつものことじゃないですか、北方領土返還をうたって夏に宣伝活動しているの、私も明日から夏休みですが、何も予定ないので宣伝活動のお手伝いをさせていただきます」

「何から何まで変わった奴じゃの、さすが明治維新の大先生の名前を持つ男じゃ、よし明日、一ノ関駅東口に9時、待ってろ」

竜馬はそれに頷き、涼しい顔をしてバスを降りた。


「どうだった？」職場に戻るなり、北宇海が駆け寄ってきた。

「当社の下請け虐めの濡れ衣ははれました。ちょっとバスに閉じ込められ、日本刀で脅されましたけど、なんとか放免してくれました。」

「日本刀でか？よくかわしたね、凄い」珍しく北宇海は、瞳を輝かせ竜馬を褒め称えた。

「本当は怖くてチンポが縮む思いでしたよ、明日から縮んだチンポを伸ばしに北海道に行きますから」

「夏休みでちょうどいいよね、ススキノだね？」万年係長がだらしない顔を突き出す。

「そんなとこでしょうか」竜馬は適当にはぐらかした。

「じゃ、頑張って、右翼の件、原黒課長に報告してくるから」北宇海は竜馬に背を向けた。

（どうせ、『自分が右翼を問題なく撃退しました』って言うんでしょ）と思いながら、竜馬は明日からの北海道旅行に想いを馳せた。

9．いざ北海道へ

北海道の地に足を入れるのは初めてだ。竜馬にとって高校の修学旅行で訪れた、盛岡の小岩井農場が最北端訪問地だった。

一関に1年と半年暮らし、空気の旨さを実感したが、北海道の清冽な空気の旨さは一関の比ではなかった。車窓からの的礫《てきれき》たる風景は心を躍らせるものがあった。

「毎年、北海道に来てるんですか？」名前は堀江だと言う、スキンヘッドに訊いた。

「それぁ年中行事だからな、俺は5年連続だ、運転の筑波先輩は9年連続だよ」

「それにしても、右翼の活動は凄いですよね」

「国民からは非難の的だけどな、誉めてくれるとは嬉しいね」

「だって、凄いじゃないですか、北方領土の返還を求めて全面的に活動してるのは右翼だけでしょ、政府はプーチンがプッチンしないように、いつも煮え切らない外交をしてるし」

「上手いこと言うね」

「それに天皇陛下はじめ皇族を一番、崇拝《すうはい》しているのも右翼じゃないですか、国旗掲揚《こっきけいよう》に反対したり、国歌斉唱を拒んだりする教師がいるけど何を考えているのやら」

「良いこと言うね、その通りなんだよ」堀江の言うことに他の男たちも大きく頷いた。

「ただ、宣伝カーの爆音がうるさいとか、隊員は剃り込みや入れ墨でヤクザの予備軍だとか、勝手にイメージづくりしてるじゃないですか？」

「そうなんだよ、国民は目先のことしか捉えないからね、我らに真の取り組みを理解してほしいと思うよ、その点に関して佐川良造《さがわりょうぞう》一先生は頑張ったんだけどね」

「確かに競艇収益を青少年育成のために貢献しましたよね」

「よく知ってるじゃないか、おめぇのようにうちの若いもんも勉強すればいいんだけどね」じろりと後ろの若い男を睨んだ。

「そろそろ洞爺湖温泉ですよね」竜馬は話を逸らした。

「そうかい、俺達には関係ない話さ、温泉なんて」

「何で、ですか？」

「入れ墨は温泉御法度《ごはっと》なのさ」

「なるほど、そうなんですね、しかし日本人は馬鹿ですよね、素晴らしい文化を抹殺《まっさつ》して」

「なんでぃ、素晴らしい文化って？」堀江が身を乗りだした。

「だって、あんな美しい入れ墨、世界広しと言えども、日本だけですよ、サッカー、ボクシング、ラグビー、野球の有名アスリートも墨入れてるけど、訳の分からない模様や文字じゃないですか、それも黒とか青の一色。美しいとはまず言えない代物じゃないですか、それに比べ日本の入れ墨は装飾的で且つ芸術的なんですよね、本当に素晴らしい」

「言ってくれるじゃないの、嬉しくなるね、全くその通り」

「それを入浴禁止とはナンセンス極まりないですよね、是非入っていただき日本の美を鑑賞しながら温泉に浸かるのはこの上ない喜びじゃないですか、僕が政府の役人だったら、入れ墨の彫師《ほりし》に日本文化の伝承者として紫綬褒章をあげますけどね」

「しかし、おめぇの発想は面白いよな、どうだ大会社より、うちの宣伝ディレクターなんてのは？」

「それもいいですね」竜馬は肯定した。

「否定せず、反論せず、そこが他の奴と違うとこだな、おめぇはやっぱり大会社で頑張れ、おめぇみてえな奴がいないと、日本の企業も衰退すっから、衰退したら駄賃ももらえなくなるからよ」堀江含めバス内の男たちが高笑いした。

「西郷竜馬頑張ります。ところで話が変わりますが、洞爺湖温泉で都内の学生が集まって、明日、〝比較文化論〟のフォーラムが開催されるようなんですよ、僕はそれに参加して〝入れ墨の世界文化比較論〟について発表したいと思うんです」

「そんな集まりがあるの？」

「昨日ネットで分かったんです、発表者はすでに決まってるようなんですが、フリー枠で2人分あり、申し込んでみたら通っちゃいました」スマホでその画面をチラッと見せた。

「なるほど、そりゃいいぜ、頑張ってくれ」

「そんなことで、洞爺湖温泉郷の入り口で降ろしてくれませんか、最後まで一緒できないのは残念ですけど」

「なんだ、最後まで一緒じゃないのか、しょうがねえな、おめぇとの話は楽しかったぜ、気張って入れ墨のことや国歌・国旗のことも話してくれよ、ほれっ」堀江は、ポケットから一万円札を掴んで竜馬に差し出した。

「餞別じゃい」

「どっかで巻き上げた金はもらうわけには…」竜馬は語尾を濁した。

「言いにくいこと言うね、そんなんじゃねえよ、うちの親父から今回、餞別でもらった金じゃい」

「右翼に金をもらったなんて言ったらびっくりですよね、じゃご厚意に甘えていただきます。ありがとうございます。」竜馬は深々と頭を下げた。

バスはほどなく温泉郷入り口に到着した。

漆黒のバスが過ぎ去った後に、当然、竜馬一人がそこに佇んだ。近くを通る温泉客は、直ぐに竜馬との距離を置いた。日本人は見た目の格好で直ぐに判断する。右翼のバスから降りた、迷彩柄を着た男。右翼団体の男。触らぬ神に祟りなしと目を合わさず、近寄らずだ。世の中、見た目は普通でも狂気に満ちた輩《やから》がうようよ居ることを、まだ認識していないようだ。

竜馬は大衆に溶け込むため、近くのトイレで迷彩服を脱ぎ捨てジーパンとTシャツに着替え、クリスがいるホテルを目指した。そこには、異文化研究会の夏合宿に参加しているクリスがいる。

クリスは夏に一関に来ると言っていたが〝夏合宿で行けなくなった〟とＬＩＮＥを送ってきた。竜馬はクリスに逢いたい一心で、右翼の街宣車に乗ってきたのだった。

そんなことは道東を目指して街宣車を走らせている堀江らには知る由もないことだった。

10. 副寮長の危機

「竜馬さん、この辺にも危ないのが３人ほどいますよ、なんでもお宅の社員をナンパしようと工場周辺うろついてるようですから気をつけてくださいよ」大和田浩紀《おおわだひろき》が耳打ちした。

「名前は？」竜馬は目で促した。

大和田はメモ用紙を取って（清川孝雄《きよかわたかお》、沢木紘一《さわきこういち》、平谷信夫《たいらたにのぶお》）と書いた。世の中、どこにカメラが、どこに盗聴器が仕掛けられているかが分からない。大和田は細心の注意を払った。

「あの時、竜馬さんが見つけてくれなかったら僕はクビでしたから、大恩人です竜馬さんは」手を合わせ拝みながら腰を曲げた。

「ありがとう、まっ、ウィン・ウィンの関係でさ」そんな言葉を交わして、竜馬は土筆寮《つくしりょう》に向かった。

今夜は寮長代行だ。

大和田の教えてくれた中に、角田哲郎《つのだてつろう》の名前はなかった。角田は日東富士電機の社員で

〝室根疾風会《むろねしっぷうかい》〟に加入していた。暴走行為をしたと言うことで2回ほど呼びつけた。一対一で話すと「反省してます、今後は絶対やりません」と殊勝《しゅしょう》なことを言ってうな垂れる。その小心者的な態度に騙され、無罪放免を言い渡すが、その夜にはまた無知蒙昧《むちもうまい》な暴挙を繰り返す。

これは集団になったときに顕在化する暴走族の性《さが》と、個別指導は諦めかけた時に小学生を跳ねてしまったのだった。幸いにも命には別状がなかったが、モンスターペアレントの猛抗議を恐れ、発登部長の命を受けた原黒課長が、無理やり諭旨解雇処分《ゆしかいこしょぶん》にした。会社に恨みを持つ角田の名前もあるものと思っていたが、少し胸を撫でおろした。

21時半、Aカップ娘が帰宅の札を返した。竜馬は風呂場事件以来、関与した3人をAカップ、Cカップ、Gカップと勝手に命名した。後は副寮長の甲田麻友だけと思っていたところに、電話のディスプレーが発光し、電子音が鳴った。

ワンコで受話器を上げ「ハイ、士筆寮」と出るも反応がない。

「モシモシ…モシモシ」

「あっ寮長〜…」蠢《うごめ》くような声がしっかり耳にあてた受話器からかすかに届く、「はい、寮長の西郷だけど、誰ですか？」

「わ・た・し…甲田…」呂律《ろれつ》が怪しく、語尾がはっきりしない。

「麻友さん、酔ってんの？」酔っている副寮長、竜馬は不吉な予感がした。

「私…今晩、叔母さんの家に泊まります…から…」

「なんで、事前の届け出無いよ、ダメだよ、帰ってきて、どこの叔母さん？」

「一高前…酔っぱらっちゃって帰れないので泊まれって…ウィ」受話器から酒の匂いが漂うような酩酊《めいてい》ぶりだ。

「ダメだよ、タクシーで帰ってきな、なっ、麻友さん、んっ、切った？」麻友は意識してか、しないでか電話を切った。

竜馬は直ぐにスマホに手を伸ばした。

「あっ大和田さん、緊急事態発生」冷静に話しているつもりだが、声がうわずっている。

「どうしたの、緊急事態って」大和田は冷静だ。

「うちの寮生が強姦《ごうかん》されそうなんだよ、早く助けに行かないと」

「えっ、強姦、それホント、どこ？」緊急事態を大和田が少し理解し始めた。

「本当だよ、一高前で待ってて」

「えっ本署に連絡しないと、ちょっと待って」大和田はマニュアル行動に出た。

「何言ってるの、一刻を争うんだよ、そんなこと言うなら、あれバラすよ」

「ちょ、ちょっと、本官を脅迫しないでよ、分かった、分かった、一高前で待ってる」

一高前までは自転車でお互い5分とかからない距離。竜馬は渾身《こんしん》の力をペダルに注ぎ急いだ。

一高前に着くと、竜馬はスマホを確認した。「ここか」とつぶやいているところに大和田が息を切らして到着した。

「大和田さん、そこの二階に居るはず、突入するからね」大和田の了解も得ず、竜馬は階段を勢いよく駆け上がりドアを思いっきり叩いた。

「おい、警察だ、ここを開けろ、おい、早く開けろ」竜馬は鬼の形相で言いながらドアを力いっぱい叩いた。するとロックを外す音の後に、ドアが開きかけた。この瞬間を待っていた竜馬は、力いっぱいドアを引いた。ドアの前の男はその勢いで前のめりになりすっころんだ。

部屋に入ると、想像していた通り淫《みだ》らな惨状《さんじょう》が目に飛び込んだ。

中にいた男らは、竜馬の後に入ってきた制服姿の大和田を見るなり、顔が蒼ざめ悄然《しょうぜん》として俯いた。

「貴様ら、とんでもないことしてくれたな、そこに治れ」怒鳴る竜馬にたじろぎ、3人はその場に正座した。3人を見ると、ひとりは下半身すっぽんぽん、他の二人は下着だけという姿だ。副寮長に目を移すと全裸で脚を開き仰向けになっている。

酩酊し抗拒《こうきょ》できない様だ。竜馬の脳裏に（遅かったか）がかすめた。

竜馬は傍にあった毛布を麻友に掛け、3人を睨んだ。

「お前ら、やったんか、酒飲ませてだと準強制性交になるんだぞ、どうなんだ」

「…」

「どうなんだ、ちゃんと答えろ」今にも襲い掛かろうという鬼の形相に3人は怯《ひる》んだ。

「してません、これからというところに…」だらしなく一物を晒している男が、蚊の鳴くような声を絞り出した。

「今の本当だな？」３人を睥睨《へいげい》した。３人が同時に頷いた。どうやら最悪の事態を食い止めたことで竜馬は頬の筋肉を緩めた。

「お前ら豚箱に入りたいか、今回の件は誘拐、準強制性交未遂で十分入れるぞ、んっ」

「それだけは勘弁してください、誘拐なんてしてませんよ、店で隣で呑んでた彼女に声を掛けたらのってきただけですし、何があったか分からないけど飲むペースが異常に早くて、『帰れ』って言ったんだけど、泥酔しちゃって、それでついアパートに連れてきたって訳ですよ」

「本当なんだな、じゃぁさ、お前らが俺の言う事に従ったら今回は見逃すよ、いいか？」

３人は頷いた。

「まず免許証を出しな」３人は言われるままに免許証を差し出した。

「沢木紘一《さわきこういち》、池田雄二《いけだゆうじ》、三浦直人《みうらなおと》か、んっ沢木紘一って、大和田さん、族じゃないの」

「そうだね」大和田が沢木を凝視した。

「この免許証は担保代わりにもらっとくからな」

「えっ、それは困ります、勘弁してくださいよ」三浦直人が懇願した。

「じゃいいよ、こちらに手錠かけてもらうから」竜馬は大和田を見た。（えっ）という顔で大和田は困惑の顔を見せた。

「免許証は紛失したと言えば再発行してくれるよ」

「分かりました、どうぞ」３人は渋々承諾した。

「それからこの現場をスマホで記録するから、そこに3人立ちな」

「えっ」と言うなり、大和田が竜馬の肩を軽く叩いた。大和田の（そこまでしなくても）言いたいことは分かっているが、二度とこのようなことを惹起《じゃっき》させない為にもの気持ちが竜馬を動かした。

「いいか、動画撮るから一人ひとり名前を言え、大和田さん彼女の毛布取って」

「えっ、取るの、猥褻図画《わいせつとが》になっちゃうよ?」

「大丈夫、スマホの局部ぼかし機能使うから、チンポもぼかしが入るから安心しな」

竜馬は3人に名前を言わせ、一人ひとりを撮影し、次に麻友の全裸を映した。

「これでよしっと、大和田さんちょっと外で待って、彼女に服を着せて出るから」

「僕も手伝うよ」

「何言ってるの、毛布取った時、もっこりなったでしょ、これ以上、サービスできないから」

勃起したのを瞬時に悟られた大和田はすごすごと外に出た。

酩酊しぐったりした麻友を背負い、竜馬は3人に最後通告した。

「いいかい、君らの素性は後で調べるからな、今夜のことを他で喋りでもしたら、免許証、動画を証拠に被害届を出させるからな、それから来年の2月に〝大原水かけ祭り〟にお前ら3人そろって出ろや、それでお前らの反省度と改悛《かいしゅん》の証を見るからよ、沢木、お前は暴走族の頭なんだからメンバー誘って出ろや、いいな、お前ら分かったか？」

峻烈《しゅんれつ》な罰とも思われる竜馬の言葉に、3人は無言で大きく頷き、躰を九十度に曲げて頭を下げた。

竜馬は麻友を背負って階段を降りた。

「ねえ、パトカーで送ってくんない」

「えっ、それはできないよ、運行記録を書くと今日のことバレるし」

「そんなことどうにでも書けるでしょ、もしあのまま拳銃が見つからなかったらどうなってたの？」

「もう、それ言うんだから、僕が火災現場に急行した時に、吸川付近で拳銃を落としたのが不運の始まりなんだよな」

「何言ってるの、僕に見つけてもらったのがなによりラッキーだったでしょ、感謝してもらわないと」

「そうでした、分かりました。直ぐにパト持ってきますから、交番方向に歩ってきてくださいよ、あっそれから今夜の件は無かったことにしてくれますよね」

「もちろん、こっちも会社に報告したくないから、同意です」

安堵の顔になった大和田は自転車にまたがり力強くペダルを踏んだ。

軟らかい餅の如く躰にのしかかる麻友を背負い（どうしてこんなに酔うかね、しっかり者のはずが）と思いながら、寮長代行として最悪の危機を救ったことに満足しながら大和田の来るのを待った。

11. 工場長の醜聞

「おい竜馬、頼むから日和井工場長を後ろからブスッとやってくれよ」

「なんですか主任、そんな過激なこと言って」主任の北宇海は周りがハラハラするほどに、パワハラ、セクハラのオンパレードで会話も過激な表現が多い。京大卒で万年係長も頷ける蛮行《ばんこう》ぶりだ。万年係長を嘆き『三井太陽銀行が黒塗りで迎えに来たんだけどな〜今頃は頭取のはずが…』さも進路を誤ったようなことを時たま口にする。

「工場長は製造現場がＴＮ生産方式で成果を出したので『間接スタッフも業務革新をやれ』って言うんだよ、『その一環で現場と同じように全員立って仕事させよう』と言うんだな」

「それは難しいですよと進言したら『まずは人事総務部が試行してくれ』と言うんだ」

「それは斬新なアイディアですね、確かに立ち食い蕎麦屋の方が座って食べる店より効率いいですよね、それから立食パーティーの方が座席指定のパーティーよりコミュケーションが取れますよね、理にかなってますよね」

「それはそうだが日和井工場長は東大のくせに、思いつきが甚だしいんだよ、全くロジックがないんだ」

「確かにお話ししていて感じるところはありますね」

「だろ〜このスキームを阻止しないと、腰痛持ちが急増し〝安全配慮義務違反〟で組合が騒ぎだすよ、地域でも噂になったら左翼党の大川市議も動くかもしれないし」

「何を血迷ったんでしょうね、工場長は？」

「大人しくしていれば、関連会社の社長になれるのに、先日の柄貝会《からがいかい》でもおかしかったようだし」

「柄貝会？」竜馬には聞いたことのない会の名称だ。

「一関工場の課長以上で組織する親睦会だよ、毎年9月の第1金曜日に花巻温泉で開催するものさ、翌日はゴルフ」

「そこで何か？」竜馬は続きを促した。

「原黒課長に聞いた話だけどな、宴会には北上のコンパニオンが10人ほどつくんだと、好みのコンパニオンが傍につかないとご機嫌ななめになるそうだ、昨年はそれで幹事の評価が悪く賞与も下がったようだよ」

「えっ、そんなことで下がるんですか？」

「そうよ、ボーナス査定なんてそんなものよ、課長以上は100パーセント業績賞与だからな、俺は、賞与はお布施と思ってるから」

「そうですよね、業績賞与なんて日本には不向きなんですよね、だいたい適切な評価なんて日本人には不向きなことですよね」人事諸制度なんて新卒採用を有利に展開するためのイメージづくりだと、竜馬は人事を担当し薄々感じていたところだった。

「あっ、話がそれちゃったけど、今年は工場長のお気に入りが傍についたらしいよ、そうしたらべったりだって」工場長の鼻の下を伸ばした顔に似せたかったのだろうが、その仕草が滑稽《こっけい》で竜馬は噴き出した。

「じゃ良かったじゃないですか」

「何も良くないよ、コンパニオンは客5人くらいを相手にしなければならないところ、工場長が独り占めするもんだから近くの連中は不満たらたら、それで終わればまだ可愛いが、2次会にもそのコンパニオンだけをはべらせチークダンスをずーっと踊ったそうな、ほんと日和井じゃなく卑猥《ひわい》工場長だよ」

「卑猥工場長なんて上手いこと言いますね、主任」

「なにみんな言ってるよ、あんな工場長、飛ばせって」

「そうなんですか分かりました」北宇海の〝飛ばせ〟に竜馬は大きく頷いた。

12．連続10曲のチークダンス

「工場長、お帰りの時間ですのでタクシー呼びます」酩酊ぎみの日和井が卑猥に変貌する前にと思い竜馬は声をかけた。

「そんな時間か？うっ、まだ10時じゃないか、もう1軒行くぞ」腕時計では時刻を把握できず、店の大きな時計を見ながらだ。

「工場長、私がお供しますのでお家に帰りましょう。奥様にも『早く帰らせてね』って電話がありましたので」

この日は一関工場主催の〝ママさんバレーボール大会〟が開催された。工場長と竜馬は大会終了後の慰労会に出席した。一次会を終えタクシーに乗り、日和井の家に向かったが、日和井が強引に行き先を変更したため、タクシーは市役所横で停まった。

「ほら、やってるじゃないか」したり顔で日和井が言う。

「日曜なのでクローズと思ってましたが、やってますね」日曜の営業は知っていたが、竜馬は敢えて惚けた。

「工場長、お待ちしておりました。あら、竜馬さん、いらっしゃい」

「なんだ、竜馬、ここ来たことあるのか？」

「この前、人事総務部で来ました」

「お前は酒、ドクターストップだったよな、僕はハイボールで」着任挨拶を覚えていたようだ。

あの時は18歳だったから呑めないことにしたが、もう20歳を過ぎたので呑むことは可能だった。しかし敢えて呑めないことで通している。その方が竜馬にとって何かと都合が良かった。

チーママの横峯和子《よこみねかずこ》が気を利かせウーロン茶と、そしてシーガルのボトルを持ってきた。

「じゃ竜馬、歌え」（もうですか、パワハラ発言）と思いつつ竜馬はタブレット操作を開始した。

「上手いそうじゃないか、聞いたぞ、原黒から」確かに人事総務部の宴会では過去に何度か歌を披露した。最近の曲には疎く、どちらかと言うと懐メロのムード歌謡が好きで選曲するが、曲の中でファルセットを駆使することから、〝ヌード歌謡〟と揶揄する輩がいる。

「ムード歌謡ですよね？」

「んっ、その通り、頼む」一次会でママさんバレー協会の美魔女にしこたま呑まされ、呂律も腰もおぼつかない日和井。

竜馬は「じゃ」とチーママに合図しマイクを握った。

竜馬は持ち歌のムード歌謡を全部歌い上げるつもりだった。〝小樽の女〟を皮切りに〝コモエスタ赤坂〟〝夜の銀狐〟〝ホテル〟〝うそ〟〝別れても好きな人〟〝抱擁〟〝おまえに〟〝よせばいいのに〟と歌い、ラストは〝今日でお別れ〟を情感込めて歌ったのだった。

「さすが上手いね、余は満足じゃ」（それは満足でしょう、10曲もママとダンスすれば）

竜馬自身もよく歌い上げたものと自分を褒めたい気持ちだったが、それ以上に日和井のタフさと卑猥さに驚いたのだった。

13. ヘルプラインへの投書

「工場長が異動されます」人事総務部長の発登が部員を前に発表した。

「今度は筑丈島リサイクル会社の社長になります。ご栄転です」ご栄転の言葉に部員も笑顔になり、大きく頷いた。

「なお、本工場も来年1月1日をもって社名変更になります。当社と同じくＮＮＴ様の指定工場であるＦやＨに負けないためにも独立会社化します。それまでは私が工場長代理として事業運営にあたります。なお1月には新社長が着任するでしょう」実質トップの工場長代理に気をよくしたのか、発登はにやけ顔で話した。

人事総務部の全体朝礼が終わり、全員が持ち場に散りかけたところで、北宇海に呼び止められた。

「おい、ご栄転だってよ、笑うよな」

「社長だから栄転じゃないんですか？」栄転ではないと分かっていたが、竜馬は北宇海の心を煽った。

「いいか、筑丈島Rは日東富士の冠もつかない会社だぞ、グループ会社の一つではあるが、何時つぶれてもいいように、冠を取ってるのさ、それに社員は100人ほどの会社だよ、あれは間違いなく島流しだよ」

「島流しですか、何かしでかしたんですかね？」

「どうもヘルプラインに投書されたらしいな、なんでもお前も関係しているらしいぞ」

「えっ僕がなぜ？投書したのは主任じゃないですか？前に『刺してくれ』って言ってましたよね」

「そんなことしねえよ、第一、ヘルプラインは通報者の個人情報は秘密厳守って言ってるけど、嘘っぱちよ、人事グループの奴らは誰でも知ることができるんだよ、だから俺は絶対に投書なんてことはしないよ」

「なるほど駄々洩れなんですね」組織なんてものは、表向きかっこいいことを言っているが、砂上の楼閣のように脆《もろ》いものと竜馬は悟りかけていた。

「なんでも今回は組合幹部が投書したようだね」ニヤリと笑みを浮かべ自慢げに話す北宇海。

「どんな内容ですかね、僕も入っているのって?」

「労使での懇親会での女性執行委員に対するセクハラ発言、柄貝会でのコンパニオン独り占めとお尻タッチ、下請け業者との賭けマージャン・賭けゴルフ、致命的なのはお前のムード歌謡曲、連続10曲熱唱事件だよ、おそらく動画は店の子が撮ったものだと思うけど、お前が『嫌です』と断ったところや、目に涙を溜めて歌う姿や工場長がママの尻を抱えながらチークを踊るところが証拠として出されたと聞いたよ」

「それじゃアウトですね、主任もこれで万々歳じゃないですか」

「そんなとこだ、それから今月末をもって立ち作業は廃止だそうだ」北宇海は鼻歌まじりで喫煙所に向かった。


「良かったね、成功で」チーママの和子にお礼の電話を入れた時の第一声だ。

「昨日、北宇海さんと原黒さんが来て、色々と話していたわ、ママは風邪でお休みだったから丁度よかったけど」

「二人ともよくも会社の恥部をべらべらと話すよね」（黙っていろと言っても、無理な二人だけど）とつけ足したかった。

「話し聞いてて不思議だったのは、組合の幹部が投書したと言うこと、それに竜馬ちゃんが泣いて歌ってたということね、私は竜馬ちゃんが投書したものと思ってたけど」

「僕だって馬鹿じゃないよ、組合幹部にありのままを話したら投書してくれたのさ、涙を流しての動画なんて合成すればいくらでもできるよ、北宇海主任も知らなかったけど、工場長とママがラブホから出て来たところの写真もあったはずだよ」

「え~ママとラブホ、ほんとなの?」和子がびっくりし奇声を発した。

「それも合成さ、今は技術が進歩してるから、パソコンで何でもできるよ」

「怖、竜馬ちゃんって凄いよね、頭の回転早いし、悪知恵は働くし、さすがトンペイ」

飲み屋まで誤解していることに竜馬は苦笑した。

「これでチーママもチークダンスの時、お尻を触られた敵がとれたって訳だ。めでたし、めでたし、だね」

敢えて今回の一件は、チーママの仇討ちを前面に出した形とした。

竜馬が従業員間で、不審なメールの受発信が見られるということを口実にＩＴ部門に出向き、組合幹部のＰＣパスワードを盗み見したことは誰も知らないことだった。本社のヘルプライン事務局も組合幹部からの投書を鵜呑みにし、裏を取るようなことをしないという竜馬の思惑は的中した。

一関を去る日和井から『お前だけは見送りに来てくれ』と言われ、ホームに寂しく立っている日和井に近づいた。

「竜馬、お前には辛い思いをさせたようだな、詫びるよ、これは俺のマンションの鍵だ、押し入れに詫びの印を残してきたので受け取ってくれ、鍵は大西土地不動産に返してくれればいいから」

なんの疑いも持たずに謝る姿は滑稽であり情けないものだった。今の日本人は疑いを持たなくなった。活字、写真、映像が正しいと思い込み、偽造や嘘が内在されていると疑いを持たない民族になってしまったと竜馬は憂いた。そこの隙を上手くついて闊歩してきたのが竜馬自身でもあった。

「まっ、いいか、おそらくお歳暮でもらった洋酒、ビール、コーヒーセットでしょ、遠慮なく頂戴しますか、最後の曲は〝今日でお別れ〟だったけど、気づく訳ないか」ひとりごちて、竜馬は日和井が住んでいた佐々平マンションに向かった。

14. アメリカ税関監査

日東富士電機は大会社故に海外からの来訪者も多い。

来訪は事業に関わることがほとんどで、その対応は技術部門が担当する。しかし、一般来訪者の時は、人事総務部が窓口となり対応するのが常だった。竜馬が案内役となることはなかったが、稀に案内役が不足する場合にお呼びがかかる。語学は進学校に在籍していただけに、読み書きは一定レベルできたが、会話となると自信がなかった。

　エリート社員と思われている竜馬にとって「できません」とは言えず、案内のオファがあった時は、必ずクリスに助けを求めるのだった。まず日本語の台本をつくり、それを自分なりに英訳しクリスに添削《てんさく》を乞《こ》う。そして、クリスがそれを朗読し動画にしてくれる。

　この方法で先日もアメリカのロータリークラブ一行を案内した。しかし、明日、来社するアメリカ税関には事前準備のしようがなく竜馬もさすがに頭を抱えた。

　アメリカは9・11の世界同時テロ以来、テロ対策の強化を図り、税関サイドのチェックを厳しくしていた。しかし、アメリカ税関の監査に合格した会社の製品は、一定の手続きで容易に受け入れてもらえる仕組みだ。

　日東富士電機はその監査を明日受けることになっている。受監メンバーは工場内の関係部門の代表者で構成され、人事総務部からは竜馬が任命された。竜馬は監査対象となっている警備業務の担当経験もあり、英会話も大丈夫ということで発登部長の指名だった。

監査当日、米国税関職員2人と日本人女性の通訳が来た。日東富士電機側は本社の海外資材部から2人、グループ会社のロジスティクス会社から2人、そして工場から海外交換機製造部門と発注業務部門から各1人と竜馬が加わり、総勢7人での対応となった。

最初に概要説明を行い、順次、現場をまわり監査が進められた。特段の指摘もなく、最後に警備室となりメンバーは正門に集結した。現場でのQ＆Aは、税関担当官が質問したことを通訳が回答者に伝え、それを受けて当該担当者が回答する。それを、通訳が税関担当官に返す流れだ。警備室では、フェンスの高さ、樹木の剪定方法、監視ビデオの設置場所、警備員の採用プロセスの質問があり、無難に回答し最後に警備マニュアルについての質問に移った。

「このマニュアルにトラックの入出門の際、ドアを開け確認することが書かれていますか」通訳が竜馬に質問した。

それを聞いたメンバーが一瞬、顔を見合わせた。トラックが入門、出門する際に警備員が中を確認する行為は、日東富士電機ではどこの工場でも実施していないことをメンバーは知っていたからだ。監査項目を1項目でも満足しない場合、認定されないことを誰もが認識していただけに困惑《こんわく》の顔を見せた。特に本社海外資材部長の滝田《たきた》隆一《りゅういち》は受監リーダーだけに蒼くなった。

全員の目は竜馬に注がれた。

竜馬は悠然《ゆうぜん》としマニュアルを捲り「第15条に記載しております」と言いながら、そこを通訳に指で示した。通訳は同じように、条文を指さし税関担当官にそのことを伝えた。

税関担当官は通訳の指を見るなり笑顔になり「グット」と言い、全ての監査を終了することを告げた。

それを聞いた滝田は、大きなため息をつき、何度もハンカチで額の汗を拭った。

メンバーは朝の会議室に戻った。

クロージングミーティングでは、米国税関担当官から正式には別途、認定証を出すが、本日のところは合格と告げられた。

税関2人と通訳を玄関で見送ったところで、滝田が満面の笑みで竜馬に近寄った。

「竜馬さん、本当にありがとう、あの質問はアウトだと思いましたよ」

「そうですよね、どこの工場でもトラックの出入りチェックなんてしてませんからね」

海外資材部の室田課長が続いた。

「あの第15条は何ですか?」海外発注部の林晃一《はやしこういち》が訊いた。

「あっ、あれは〝持ち物検査〟の条項ですよ、〝従業員の退社時に持ち物検査をする場合があります〟ってご存知ですよね」

「知ってるけど、税関の質問にミートしてないよね」滝田が首を捻りながら訊く。

「私は朝から通訳の動きを観察してたんですよ、あの通訳は当社の業務を理解しないで、ただ税関の質問を伝えるだけだったんですよ、つまり直訳なんですよ、だから警備マニュアルのなんたるかも理解してないなと悟って、似たような条文を示しただけですよ」

「そうなんだ」滝田の言葉に、一同が大きく頷き、竜馬を見る目がリスペクトに転じた。

「いずれにせよ竜馬さんの機転で当社は救われましたよ、このことは本社に帰って伊澤常務にも報告します。皆さん、今日は本当にお疲れ様でした。」一同解散となった。

竜馬は解散した足で警備室に顔を出した。

「どうでした?」警備員の熊谷《くまがい》健一《けんいち》が竜馬を窺う。

「合格だよ、良かったよ、サイン決めてて」

「そうでしたよね、決めてなかったら、自分は『それはマニュアルにありません』って断言していましたからね、竜馬さんから〝回答するな〟の時は、〝瞬き2回〟のサインが効きましたね」

「そうだね、まっ、あの条文をマニュアルに早速入れなきゃならないから案を作ってね」

「分かりました、竜馬さん。さすがトンペイ」

（またか）と思いつつも、それには返答せず竜馬は警備室を後にした。

（まったく、あれでギャラもらっているなんて、語学バカはどうしようもないよ）今頃は、新幹線内で口を大きく開けながら居眠りしている通訳のバカ面を思い浮かべた。

15．新社長との面談

春分の日を含む3連休を満喫し出社した朝、社長秘書から社長室に行くよう指示があった。

一関工場はこの年の1月、東北日東富士電機に社名変更し、社長には藤浪勇一《ふじなみゆういち》が就任した。

「おはようございます。藤浪社長」藤浪は日和井工場長とは真逆で、紳士然としている姿に竜馬は尊敬の念を抱いていた。

「おう、竜馬さんか、まっ、座って」重厚な革張りのソファに腰をおろした。

「きみは面白いよね、本社の評価や本工場内の評判もすこぶるいいのに、労組の評価は散々なんだから」笑いながら言う。

「労組はいつも私に論破されるから、毛嫌ってるだけなんですよ、この前の労使協議会でも『担当は出さないでください』って、発登部長に泣きついたほどですから」メンツを重んじる労働組合にとって、竜馬の存在は疎いものだった。

「まっ、サラリーマンは敵を作らないことも大切だよ」

「承知しました。ご高説肝に銘じます」尊敬する藤浪社長には従うしかなかった。

「ところで、本社の亀山常務が来週、きみに会いたいそうだ、行けるか？」

「人事労務担当の亀山常務ですか、何でしょう？」

「何かは分からないけど『藤浪さんのところには大物がいますな〜』って言われたよ、確かに西郷竜馬は大物だよね」

「名前だけですから、承知しました。ご指定の日時に参上いたします」

「分かった、後で連絡する。きみももう少しで4年目になるからね、異動話かもね、会社としては、もっときみに居てほしいけどな、左翼党の件やアメリカ税関の件、聞いてるよ、でもきみのような優秀な社員は本社でもほしいだろうからね、転勤の時は僕が一席持つから」

「恐縮です、でもまだ転勤と決まったわけでもありませんから、私としてはこの工場でもう少し頑張りたいと思っております」

「そうか、ごめん、そうだったな、早とちりはいかんな、分かった、それじゃ日時は後で」

「失礼します」竜馬は一礼し社長室を出た。

16．北宇海主任の後任

社長室を出たところで中味曽主任に呼び止められた。

竜馬の上司もこの1年間でほとんどが入れ替わった。人事総務部長の発登は日東富士電機基金の常務理事、原黒人事総務課長は本社人材開発部担当課長、北宇海主任は昨年末定年を迎え、雇用延長先として日和井元工場長が左遷された〝筑丈島リサイクル会社〟の総務課長に就任した。万年係長を定年後に脱したのはいいが、社員の中には「やっと〝膿み〟を出すことができたか、北じゃなく南だけど」と北宇海の名前を弄《もてあそ》び馬鹿にする者もいた。

かわいそうなのは、リーダーの山具地だ。主任にもなれずに柏事業場の人事センターに異動した。本人は「一橋卒で地方に出向し、ランクアップせずに復帰するのは俺ぐらいだ」と異動挨拶で愚痴を言った。名は体を表すと言うが、山具地は愚痴が多く、それ故に昇進は見送られたと竜馬は思った。

「本社の亀山常務に呼ばれたんだって」

「主任、地獄耳ですね」ろくに仕事もせずに、人事情報にはダンボの耳になる輩がいる。中味曽はその典型だ。

「亀山常務は凄いぞ、東大法学部卒で会社に入ってマサチューセッツ工科大学に社費留学した人だよ。当社では100年に一人の逸材として、社長候補№1と言われている人だから」（また学歴か）と竜馬はため息をついた。本社の人事課長が前に言っていたことを思い出した。

「だいたい東大法学部の奴は官僚を目指すのさ、それがだめなら商社、次にメガバンクか証券会社よ、メーカーに来るなんて、ダブトン（東大法学部）では落ちこぼれよ」と言う本人は東大経済学部卒、やはり東大と言えどもコンプレックスがあると竜馬は感じていた。

「何ですかね、上司はみんな異動しましたから、今度は僕ですかね」

「なに、しょってんの、担当の人事で常務が呼ぶ訳ないでしょ、何か悪いことしたんじゃないの？胸に手を当ててみな」

竜馬はこれまでのことを思い浮かべた。確かに非難されることも多々あったし、法に抵《てい》触《しょく》すれすれのグレーなこともした。しかし、そんなことは常務の知る由もないことだと思った。

「悪いことは何もしてません」中味曽を直視し断言した。

「まっ、分からないけど、行ってきなさい、常務室に入ったことないと思うけど、28階だから、富士山が見えるぞ」

「そうですか、本社の最上階なんて行けませんからね、楽しみだな～」竜馬はこれ以上、生産性の無い話と思い中味曽から離れた。

人事総務部に戻る途中、経理部フロアで副寮長の甲田麻友と目があった。何か言いたそうな瞳に見えたが、気に留めず通過した。

17. 常務との面談

竜馬は一礼してドアを閉めた。

「きみが竜馬君か、まっ、座って」一関工場の社長室より品の良いソファに竜馬は腰をおろした。

「実はね」と言いながら、亀山浩司《かめやまこうじ》は雑誌をテーブルに置いた。

「これは、護國維新會が出している雑誌なんだ」

（護國維新會？）覗き込むと確かに表紙は黒色のバスに日の丸がたなびいている。竜馬には亀山の意図が分からず、きょとんとした。

「護國維新會は活動資金調達の為、雑誌を売りつけに来ることがあるけど、たいがいは丁重にお断りしてるんだ」

「そうなんですね」そんなことは知っていたが、竜馬は頷いた。

「だけど今回は5冊ほど買ったよ、何故だか分かるか？」亀山が竜馬の顔を覗き込む。

「なぜでしょ」一緒に北海道には行った事実はあるものの、竜馬には察しがつかない。

「その表紙よく見てみな」言われるままに、雑誌を取り表紙を凝視《ぎょうし》した。

「あっ」竜馬は蒼くなった。街宣車の窓から身を出しマイクを握っているのは竜馬自身だ。

「これはきみだよね」

「ハイ」と言うしかない。

「後で読むといいと思うけど、中身は当社を称賛している記事だよ、（大会社の人事担当者が右翼の理念・行動に賛同し、夏休みを返上し、自ら街宣車に乗り込み、北方領土返還を訴えた）という内容になっている、訊きたいのは、どうしてきみがそんな行動をしたかということだよ」

「結論から申し上げますと、私は自ら志願した訳ではなく、会社の対応に先方が憤り、その代わりに拉致されたのです」

「拉致された？」亀山は首を捻った。

「そうです拉致され、隊員と同じ服を着せられ、他の隊員同様に、元気に街宣活動をさせられた訳であります。それから洞爺湖温泉郷で『もう、貴様には用はない』と言われ、バスから降ろされました。私は自費で一関に戻りました」

「そうか、そうだったのか、拉致されたのではな」亀山は秘書が持ってきたコーヒーを一口飲み、間をとった。

「前に左翼党の新聞に載ったこともあるよね、あれも考えられないことで、僕はきみに興味をもってね、色々と調べさせてもらったよ」

（何を調べたんだろう〜）竜馬の額に不安が滲んだ。

「まず、きみは高卒なんだね、ありえないことなので人事部に確認したら、人事部のミスだったことが判明したよ」

「そうなんですか、私もずーっと何故？と思っておりました」（さすがに常務は切れ者）

会う前のイメージを竜馬は払拭《ふっしょく》した。

「人事部がきみに口止めしたから辛かっただろうけど、幾多の局面できみは見事に難局を乗り切ってきたね、左翼党しかり、さっきの右翼対応、それから労組やアメリカ税関対応など当社の窮地を救うどころか、株価にも貢献したよ」

「お褒めにあずかり恐縮です」

「それから女子寮の洗礼にも上手く対処したね」

「えっ、それは…」（あの時の４人しか知らない事を何故？）と言いたいところ、虚を突かれ言葉が出ない。

「知らないだろうけど、会社は至る所に監視カメラを設置し、リスクヘッジしてるんだ、実はあの寮の壁にも建設段階で、分からないようにカメラをはめ込んだようなんだ、ただし玄関口を監視するために廊下の天井に設置するところを、業者が誤って風呂場の天井に組み込んでしまったようなんだ、これもきみと同じようにミスの連鎖ということかな」

「え～そうなんですか、でもそれって盗撮になりませんか、ばれたら大変ですよね」

「全部映っていれば犯罪だと思うよ、残念ながら当時のカメラの性能はそこまで進んでなくて、瞼から半径20センチの範囲しか鮮明に映らない代物でね、躰や湯船はぼやけてよく分からないのよ」

「そうなんですか、どうして顔だけなんですか？」

「プロカメラマンが人物を撮る時、焦点を瞼に合わせるようなんだ、その理屈でカメラも最初の焦点を瞼にセットしたようだね、だけどデータ容量の関係で全体はダメだったようだ。過去に出向した者もきみと同じように洗礼を受けたようだけど、皆、土下座し躰を丸めて浴槽を出ていく姿なんだ、それとは異なる映像はきみが初めてなんだよ、音声は録音できないカメラだから分からないけど、きみは3人の女性を懲らしめたよね」

「恐れ入ります、じゃ右翼やアメリカ税関の対応もカメラで確認されたのですね？」

「その通り街宣車に乗り込み話をつけたと思われる映像や、アメリカ税関の質問を上手くかわしたところは確認したよ、正門のカメラは最新カメラで音声もキャッチできるからね」

「常務にはみんなお見通しだったんですね」

「そういうことだ、僕はかねてから会社は学歴で動くものではないと思ってるんだ、特に大会社はのれんを気にするあまり、偏差値の高い大学から採用しようとする、これはいずれ会社を危うくする考えなんだよ」

「でも常務も…」それ以上言うことを控えた。

「僕も確かに東大を出て、ＭＩＴでも学んだ、父は元大蔵省の官僚で、大学は東大しかないと思っている石頭でね、しょうがなく入っただけだよ、卒業する時も官僚になれと言われたが、父を見てうんざりしてたから、上級試験は敢えて受けなかった、やはりこれからの日本はものづくりが牽引しないとダメだとの想いから、伸びしろのある日東富士電機を受けたんだよ」

「そうなんですか」（東大の落ちこぼれではないんだ）ここでも前のイメージを修正した。

「失礼ですが、その後、どうしてＭＩＴに留学されたのですか？」

「東大は文系だったので、メーカーに入った限り工学的なことも勉強しなければと思い、会社にお願いして行かせてもらった訳なんだ」

「凄いですね」竜馬は心の中で（さすが、東大と言える人もいるんだ）とこの時、初めて思ったのだった。

「話を戻すが、人事部のミスで高卒のきみが本社に入り、一関工場に初任配属されたが、頭は切れるし、先鋭的なものの見方・考え方で難局・難題を解決したわけだ。私が目指していたものが、きみによって立証されたとも言えることなんだよ」

「…」

「そこでだ、今度、当社としても働き方改革のビジネス研究所を設立しようと考えてるんだ、そこの所長にきみをと考えているがどうだ？」

「ぼ、僕がですか？所長と言いますと社長と同じようなものですよね？」

「その通り、当社の場合、関連会社はAからCまでのランク付けをしていて、研究所はCランクになるが、社長としての処遇はするよ、是非、高卒所長として常人には無い〝もの見方・考え方〟ですべてのサラリーマンの幸せのための研究をしてほしいんだ」

「大変、光栄なことですが、少し考えさせていただいて宜しいでしょうか」あまりの僥《ぎょう》倖《こう》に竜馬の頭はショート寸前状態にあった。

「少し考えさせてとはきみらしくもない、Cランクと言えども所長の年収は2200万円ほどになるけどね、まっ、きみの左翼党での講演や右翼対応による当社イメージアップに起因する株価高騰分と、アメリカ税関の不合格だった場合の売上ダメージ分を合算すると、30億円ほどになることが分かってるから、きみが所長になったとしても会社財政的にはどうってことないから」

「そんなに貢献したとは知りませんでした、ただ無我夢中でしたから、ところで研究所の場所とかスタッフはどうなるのでしょうか？」

「場所は、このビルの一室を使えばいいよ、スタッフはきみが社内からこれはと思う人を選べばいい、最初は立ち上げだからプラス1名でどうだ」

「分かりました、常務の仰せの通り微力ながら頑張ります。なお、場所は本社ビルでなくサテライトオフィスにしたいと思います。またスタッフは私が指名させていただきます。時間外など考えなくて済むように課長級にさせていただきます。宜しいでしょうか？」

「さすがに見込んだ通りきみは怜悧《れいり》だね、それは任せた。会社としてもこのことはプレスリリースするけど、世の中びっくりして、メディアが殺到すると思うからその覚悟でな」

「承知しました、それでは失礼いたします」

「あっ、それから護國維新會の拉致の件、僕は騙されないよ、温泉で彼女とでも逢ったんだろう、違うかい？」

「やはり、お見通しでしたか…恐れ入ります」竜馬は頭をかいた。

「僕はＭＩＴで心理学も学んでね、きみの返答の仕方、眉や目の動きを見て作り話と察っして、カマをかけてみたら、案の定だったよ」穏やかな笑顔を向けながら言う。

「まいりました…それではこれで失礼いたします」亀山の慧眼《けいがん》に恐れをなし、竜馬は素早くドアを開け、頭を深く下げた。

18. 退寮と異動

一関に戻るとクリスから封書が届いていた。

開封すると4月からアメリカに留学すると書いてある。文面からはお別れの手紙とは読み取れないが、竜馬への熱い想いも綴られていないことで、二人の仲は終わったことを竜馬は悟った。クリスとは高校卒業後、たまにLINE交換したり、外国人対応の翻訳を頼む程度だった。出張で上京する際に逢ったりすることもなかった。洞爺湖温泉が3年ぶりの再会だったが、二人の気持ちが熱く燃えるような出来事はなかった。

翌日、竜馬は藤浪社長はじめ、人事総務部の上司に亀山常務との面談内容を報告した。

面談の結論としては、異動の内示を受けたことと、具体的な転勤先は明示されなかったことを付け加えた。研究所のことは言わないように亀山常務から口止めされていたからだ。報告を終え竜馬は土筆寮に向かった。厚生グループで代行できるものがいないことから、急きょ経験のある竜馬が頼み込まれたのだった。

寮長室で竜馬は研究所構想を練った。研究所名、研究テーマ、研究スタッフ、オフィスの場所等を考えた。企画書は3月末までに亀山常務に提出しなければならない。その後、経営企画会議を経て、プレスリリース、会社登記、設立準備と進め7月1日、会社設立の運びとなる。

つらつらと研究所のことを考えているうちに、周りが暗くなり寮生が在室ボードの札を返し始めた。

甲田麻友が札を返すのを竜馬は見た。すると、麻友はそのまま寮長室に入ってきた。

「おかえりなさい」

「お疲れ様です、ちょっといいですか」（丁度、良かった、こっちも話があった）と思い、ソファを促した。

「本社に行ってきたそうですね」

「誰？人事総務の女子？しゃべったの」

「誰だったかしら、異動だそうですね？」

「そうだけど、何か？」

「私も5月末で退寮します。24歳を迎える前月までしか寮に居られないなんて厳しいですよね」

「会社は我が国のため、早く結婚してほしいんだよ、それに24にもなれば自分でアパート生活できるでしょ」

「〝早く結婚しろ〟なんて、セクハラですよね」渋い顔して言う。

「そんなこと寮規則には、どこにも書いてないよ、僕が解釈しただけ」

「そうね、竜馬さんとは色々あったから、退寮前に一言挨拶しなきゃと思って」

「そうそう、色々あったよね、洗礼の件やカメ虫のこと、最大の衝撃は強姦未遂事件だよね」

「そのことは言わないで、私の記憶のないことですから、でも洗礼の件は、後で訊いたら竜馬さんはカラスの行水で、早々に風呂を出て何もできなかったと聞いたけど、何もなかったんでしょ？……それからカメ虫って何？」

「なるほどね、あの3人、僕との約束守ったんだね、えらい」竜馬は感心した。

「なんかよく分からない、あの時も寺田さんが忌引きで自宅に帰ったと言ってたけど、嘘だったの、洗礼の儀を指示するのが嫌で嘘ついたのよ」

「それで副寮長が3人に指示した訳か、面白いね」寮の恒例となっていた、新任の寮長代行者への洗礼行事は、どうやら寮生には受け入れられていなかったことが分かった。

「ところで、カメ虫って?」竜馬が口を滑らせたことに麻友が蒸し返した。

「洗礼の次の日、僕は副寮長である麻友さんを呼んだよね、そこで注意したはずだけど」とぼけながら言葉を濁した。

「確か戸締りとコンセントをちゃんと抜くようにとの注意喚起でしたよね?」

「その通り、帰った時、なんでもなかった?」

「えっ、なんだっけ?あっそうだ部屋に入ったとたん、カメ虫の匂いがきつかったの覚えてる。よく見たら私の下着にカメ虫が付いていてたの、臭くてファブリーズしたけど無理で、干していた下着はみんな捨てたわ…そう思い出した」

「カメ虫は特に白い衣服に付くからね」

「白い…えっ、もしかして」麻友が何かに気づき、険しい目で竜馬を睨んだ。

「あのカメ虫は竜馬さんの仕業ね、それに私の部屋に入ったのね？」

「カメ虫は窓から入ったと思うよ、だから戸締りしなさいって注意したよね、それに麻友さんも知っての通り、寮長は防火・防犯の観点から必要により部屋を点検できると寮規則に書いてるよね」

「んっも〜〜」麻友の顔は真っ赤になった。

「そんなに怒るなって、パンツごときで、僕はきみの危機を救ったヒーローだよ」

「それは感謝してます、私をおんぶして寮に入ってきたとこ、綾ちゃんに見られて、次の日『何かあったの？』って訊かれたわ、『店で酔いつぶれてた私を、寮長代行の竜馬さんが助けてくれたの』って返したけど」
「いつもはしっかりしている麻友さんがあの時は変だったよね」
「実はあの日、箱崎主任の不正を発見しちゃったの」
「あっ、懲戒解雇になった箱崎」
「そうなの、内々部長から調べるように言われ、伝票をチェックしていたら発見しちゃったの、もうショックで、お酒でも呑まなきゃ寝れないと思って…」
「それでピッチが速く酩酊したわけか、そうなんだ、ようやく理解できたよ」
「じゃ私も訊いていい、あの時、私の居場所がどうして分かったの」
「それはGPSの位置情報共有なんだよ、みんな入寮する時は、何も分からないから担当者の言いなりさ、その時に寮生のスマホと会社が支給している寮長のスマホに位置情報共有をセットしたのさ」

「えっ、そんなのプライバシーの侵害じゃないですか」
「なに言ってるの、みんな入寮の際に許諾《きょだく》のサインをしてますよ、入る時は言われるまだから覚えてないと思うけどね」
「知らなかった、そうなんだ、寮生がどこに居るか分かるんだ、怖いね」
「会社だって悪用はしないよ、きみのようなケースに威力を発揮する訳よ」
「何事も注意しないといけないのね」
「そうよ、相手がプロだから信用して任せればいいと思ったらカモにされるご時世だからね、これからアパートを借りる時も、旅行会社と契約する時も、カードをつくる時も、スマホを更新する時も、気をつけなければならないのさ、日本人は性善説で生活してるけど、これからは性悪説重視で生活しないとダメだと思うよ」
「竜馬さんの言い方ってほんとに説得力あるよね、だから左翼党も右翼も懐柔《かいじゅう》しちゃったのかしら」

「噂になってるの？」

「スタッフの人はだいたい知ってると思うわ、昨日もそれで本社に呼ばれたんでしょ？」

「そうじゃないけど、そうそう明日の土曜、何か予定ある？」

「特にないけど」

「僕とデートしない？福島の五色沼に行きたいんだ、東北も色々観たけど五色沼はまだだから」

「何で私なの、沼にでも沈めるの、あなたが言う性悪説だと」

「そうじゃないよ、いい話、給料が倍以上になる話さ」

「また、上手いこと言って、何かオチがあるんでしょ、私、行かない」麻友は断った。

「あっ、そろそろボイラーONしないと、明日、9時一ノ関駅東口の階段上るとこに車で待ってるから、じゃね」言い放つなり、竜馬は急いでボイラー室に向かった。

「んっも~強引なんだから」独り言を呟き麻友は腰を上げた。

19．五色沼にて

予定の9時に麻友は姿を見せた。

誠実で生真面目な女は強引な誘いに弱いことを知っていた竜馬は、きっと来ると確信していた。

二人を乗せた車は一関インターから一路、福島を目指した。

車内では、もっぱら竜馬が一関工場でのできごとを回想しながら、面白可笑しく話すので麻友を退屈させることはなかった。

風呂場での洗礼事件についても、本当のことを話した。

（それでか、桃ちゃんが『日本人でもあそこ大きい人いるんですね』って言ってたことを思い出した）麻友は竜馬の顔を横目で見ながら口元を緩めた。

二人は毘沙門沼に着き、ボートを借りた。エメラルドグリーンの清澄《せいりょう》にして輝く水面に、竜馬は心を洗われる想いがした。

麻友にはここで話そうと決めていた。竜馬が漕ぎ手となりボートは沼の中央に向かった。

「この前、亀山常務に呼ばれ上司たちには『異動の内示だけでした』と話したけど、他に大切な話があったのさ、これからそれを話すから」

「えっ、なんで私に？なんか怖いわ」

「まっ、聞いてくれれば分かるよ」麻友はそれに頷いた。

「亀山常務はかねてから日本の学歴社会に疑問を持っていて、このまま学歴重視で進むと日本はいずれ疲弊していくと危機感を持っているようなんだ。麻友さんも知っての通り、当社のホワイトカラーを見ると超有名大学のオンパレードじゃない。そこで常務は学歴を打破するような何かを企画したかったようなんだ。そこで常務の目にかなったのが、どうやら僕らしいんだ」

「えっ、竜馬さん、東北大なんでしょ？」麻友には竜馬の言っていることが理解できなかった。

「それは周りが勝手に言ってることで、僕はトンペイ卒なんて一言も言ってないし、着任挨拶では『三田園高校卒です』って言ったけどね」

「え〜、すると竜馬さん、高卒でしかも私の年下？」麻友の顔が驚きに変わった。

「そうです高卒ですよ、ただ後で聞いたんだけど日東富士電機では、人事総務に配属する者はできるだけ老け顔で決める傾向があるようなんだ、だから麻友さんより年上に見えたんじゃない」

「確かに…すると私の二こ下ってわけ」

「事実を知って、僕に対して何か思うところある？」

「特にはないけど、これまでの竜馬さんの武勇伝は大卒だからと思ってたけど違うんだ、高卒でも大卒以上の働きをする人もいるんだ」

「まさにそこに注目したのが亀山常務なんだ、常務は僕に研究所を設立するよう勧めてくれてね」

「どんな研究所？」

「サラリーマンのハッピーライフを研究するのさ、当面は働き方改革にフォーカスしたいけどね、だけど僕は改革という言葉は好きじゃないのさ、改革は一過性のものになりかねないからね、ＮＥＣが〝ベタープロダクツ・ベターサービス〟をモットーにしているように、エンドレスな幸せを追求するものにしたいわけよ」

「それで研究所の名前は？」

「色々と悩んでる、横文字がいいか和文にするか、ハッピーライフ研究所もいいけど、前に読んだ本の著者が〝両極併存《りょうきょくへいぞん》〟の考え方を紹介していて、それも良いかなと思うんだ。幸せを考えるのではなく、サラリーマンの不幸せを考え究めれば、おのずと解が見えてくると思うんだ。そこで〝負のかんばん研究所〟にしたいと思ってる。かんばんはトヨタ生産方式を参考にしたんだけどね、〝かんばん〟そのものは、サラリーマンの種々の課題に置き換え取り組めばいいと思ってる」

「言ってることよく分かんないけど、所長は給料アップするの？」

「もちろん、日東富士電機は〝役職グレード人事制度〟を採用しているから、僕はグレード1の3区分適用で、月給は120万円になる予定。今の月収より90万円ぐらいアップするね」

「えっ、そんなに凄いの」羨望《せんぼう》の眼差しに変わった。

「そこで麻友さんにお願いがあって、デートに誘ったわけさ」

「えっ何？」麻友にはピンと来るものがなかった。

「常務は設立当初は二人でいいだろうとおっしゃるんだ、そこで麻友さんに秘書兼統括研究員としてついてきてほしいんだ」

「えっ私が、どうして？」

「まず業務遂行が正確だということ、ずーっと仕事ぶりを観察してたんだ、箱崎主任の件でも経理部長の全幅の信頼のもと調査したよね、それに短大卒もいいんだ、高卒の所長と短大卒の研究員の構成なんて、まさに常務の思惑通りなんだ」

「なんか狐か狸に化かされてる気分だわ」麻友の顔がいくぶんか紅潮して見える。

「条件も悪くないよ、オフィス兼アパートを借りるから、個人負担はゼロ」

「どうして確か転勤社宅は個人負担2割じゃなかった？」

「大丈夫、常務にはテレワークの了解を得てあるから、麻友さんのところを研究所にするから」

「それに、あっ時間だ」話を続けようとしたが、ボートを返す時間まで後5分と迫っている。竜馬は急いで岸を目指しオールを漕いだ。

20. 研究員の要請

「どう話半分だけど、もう1時間借りる？」竜馬の問いに生中《なまなか》な気分の麻友は頷いた。

「今度は私に漕がせて」麻友は船首に座りオールを握った。静かに沼中央を目指し漕いだ。

途中、家族を乗せたスワンボートを追い抜いた。

「えっ〜と、どこまで話したっけ？ そうだテレワークまでだ、それから麻友さんの処遇だけど、マネージャー職にするから」

「えっ、嘘でしょ、主任にもなってないのに」麻友は目を丸くし竜馬を見た。

「大丈夫、人事権は所長である僕にあるから、僕だって担当から所長になるんだから同じようなものよ、常務は常識の枠に嵌《は》めないことを望んでいるからね、それから給料はグレード5の2区分だから、月収は43万円になるからね」

「えっ、ほんとに、なんか怖いわ、竜馬さん騙してない？」

「騙してませんよ、一緒にいいよね、研究所開設は7月だから」

「でも、まだ信じられない、竜馬さんと二人で仕事でしょ」

「そう、僕が麻友さんのアパート兼事務所に行って、一緒に仕事するの」

「そうか竜馬さんの実家、東京ですもんね、でも、なんか変じゃありません、二人だなんて」

「僕の目論見には、もっと重要なことがあるの」真顔になった竜馬を察し、麻友の手が止まった。

「それはですね」一度、もったいぶったように咳払いをした。

「麻友さんが僕のお嫁さんになるということですよ」

「え〜っ…」麻友は目を大きく剥《む》き、口をあんぐりとした。

「驚いたと思うけど、さっき言った仕事ぶり同様に、麻友さんの身辺もちょこっとだけど探ったのさ、過去も今もつきあっている人はいないようだしね」

「竜馬さんは、陰で何してるか本当に怖いわ」麻友は呆れた。

「それに僕は潔癖症なところがあって、それは嫁さん候補にも求めている条件なんだ」

「それ、どういう意味?」言わんとしていることは、朧《おぼろ》げに分かるが麻友は竜馬の口からしっかり聞きたたかった。

「それは他の男の汚い手に触られていないってこと、強姦未遂事件のときに危なかったけど、どうやら守られたようだし」

「もう、その話は聞きたくないわ、今、『守られたようだし』って言ったわよね、それどういう意味？」何かを察した麻友の顔が蒼ざめた。

「未遂だったか否かは自分が一番わかるでしょ、どうせ心配になって自分でも確認したんでしょ、麻友さんのその後の言動を観察していたら白だと確信しましたね僕は、ただそれだけですよ、変なことはしてませんから」蒼ざめていた麻友の顔が急に赤く転じた。

「あなたという人は…」怒りの言葉を浴びせたいが、喉が硬直し声が出ない。

「あの事件は社内では僕一人しか知らないことだから…それから言っとくけど、あの時の現場を動画で撮ってるから」

「えっ、そんなのもあるの、知らなかった」もう二の句が継げず、麻友の顔は今にも泣き出しそうになっていた。

「しょうがないよ、奴らが約束破ったら証拠として提出するつもりだったから、時効は10年だから後9年は保管するから」

「なんであの時、あんなに呑んだんだろうって今更ながら悔やまれるわ、もう自己嫌悪の塊《かたまり》よ、竜馬さんに全てを見られたんですものね、哀れな女と思ってるでしょ」

「そんなことないよ、全てを話して麻友さんにもし断られたら、この沼に飛び込む覚悟で来たから」

「でもどうして私なの？普通、一定のつきあいを経てプロポーズするもんじゃないの？」

「なんで長くつきあったから良いことあります？僕は今が好きであればいいと思ってますよ、僕なりにしっかりリサーチもしましたから、余は〝愛したから結婚しますじゃなく、結婚したから愛します〟じゃないと長続きしないのよ、寮長代行で初めて麻友さんを見た時に、僕の心に神様が降臨してきて〝この娘がおぬしの嫁さんじゃ〟とお告げがあったのよ、だから、あの時、無我夢中で助けに参上したわけよ」

「もう、都合のいいように話すんだから、じゃぁ、もしものことで訊きますけど、一緒になったとして夫婦二人だけで、研究所で働くの、おかしくないですか？」

「そんなことないでしょ、世の中夫婦だけで働いているとこ、ずいぶんあるでしょ」

「個人のお店はいっぱいあるけど企業はないでしょ」

「大丈夫、昔は結婚するとどちらかを異動させたけど、今はそんなことしないから、それに結婚しても旧姓使用を認めているからね、さらに言えば従業員の人事給与はグループ会社のマネジメントサポート会社が処理するから、僕と麻友さんが結婚し同じ研究所で働いていることなど、関心も興味も示さないから、従業員15万人を相手にしていると、ただ粛々《しゅくしゅく》と処理するだけだから」

「もう…何を言っても上手くかわすのね、竜馬さんには敵わないわ、ボートの中でこれ以上話しても無駄のようだから帰りの車中でん〜っと考えて、降りる時にあなたに『ごめんなさい』って言ってあげるわ、どう？」

「そ、それはないでしょ、まっいいよ、僕の言いたいことは終わったから、岸に戻ろう」

竜馬は麻友の言葉に動揺しながらも、麻友にオールを漕ぐよう促した。

返却時間を20分も残しボートを岸に横づけした。係員がボートを手繰り寄せようとしたのを見て、竜馬は腰を上げた。

と、その途端、「あっ、あっ、あ〜〜ぁ」奇声と共に竜馬はバランスを崩した。〝ドボン〟大きな鈍い音と共に水しぶきが上がった。沼のほとりに屯《たむろ》している観光客も、突然の出来事に騒然となり竜馬に注目した。

いち早く近くにいた係員が咄嗟《とっさ》に手を差し出し、竜馬を救い上げた。

「あ〜びっくりした、死ぬかと思ったよ」珍しく弱音を吐いた。

「ほんと、どうしたの？急にバランス崩すから」と言いながら、麻友は口を右手で押え、必死に笑いを堪えた。

「わざとボート揺らさなかった？」躰についた藻を取りながら麻友の目を見た。

「そんなことするわけないでしょ、あなたは直ぐに性悪説なんだから、早く着替えないと風邪ひくわよ」

「それもそうだな」竜馬は少し落ち着きを取り戻し、係員から手渡されたタオルで頭を拭いた。

「ユニクロかしまむらに寄って、全部着替えましょうよ」背中を拭きながら麻友が呟いた。

「もうパンツまでグショグショ」どうしようとつけ足し、情けない顔をさらけ出した。

「私がパンツ穿かせてあげましょうか？」麻耶が竜馬の顔を覗きながら相好《そうごう》を崩した。

「いいよ」と顰《しか》め顔で言うものの、麻友の言いたいことが分かるだけに、苦笑いでごまかした。

車のシートが汚れないよう、敷物をくれると言うので、竜馬は助けてくれた係員と共に事務所に向かった。


「もしもし常務、甲田です、今よろしいでしょうか」

「甲田さんか、構わないよ。やはり電話をかけてきたところを見ると、AIが導き出したとおり竜馬は甲田さんを選択したようだね、ところで竜馬は近くにいないよね？」

「いませんのでご安心ください。常務、AIって何のことでしょうか?先週、突然、常務さんからお電話を頂戴し、必ず竜馬から誘いがあるから、その時は電話くれるようにとのお話でしたが、何のことか不思議でなりませんでした」

「確かに不思議に思うよね、実はＡＩを駆使したアプリを開発中でね、わが社が社運をかけているものなんだ。完成すれば世界があっと驚くものなんだよ。さすが日東富士電機と言わせるものなんだ。やはり竜馬は研究室のスタッフにあなたを指名し、誘ったんだね」

「えぇ誘われました。誘われただけじゃなく、とんでもないことまで言われました」

「とんでもないことって？」

「突然プロポーズされたんですよ、もうびっくりでした」

「プロポーズされたの？それは予想外だね、ＡＩは竜馬の部下として、あなたを最適だと導き出したけど、結婚相手までの情報は打ち出さなかったな、やはり開発途中だからかな、このことは研究者にフィードバックしなければならないな、ところで甲田さんはプロポーズ受けるの？」

「わかりません、ＡＩとやらのお墨付きでもあれば考えますけど、竜馬さんと話していると何故か狐か狸に化かされている感じなんですよね、どこまでが本当なのか不安なんです」

「わかる、確かに奴は変わってるからね、でも悪い奴ではないと思うよ、一緒に仕事すればわかるんじゃないか」

「そうでしょうか？あっ、すみません常務、竜馬さんが来そうなんで切っちゃっていいですか？」

「わ、わかった、これからも何か変化があったら連絡宜しく、じゃ…」

麻友はシートらしきものを小脇に抱えながら歩いて来る竜馬を見つけ、スマホをポケットに仕舞いこんだ。

「竜馬さん、ここまではあなたのペースだったけど、これからは私が手綱を締めさせていただくわ、覚悟してね、竜馬だけにウフッフッ」

竜馬には届かない声だが決然と呟き、近づく竜馬に麻友は微笑んだ。

（了）

参考文献

「見える化で社員の力を引き出すタイムマネジメント」　行本明説　東洋経済新報社

「実践トヨタ生産方式」　岩城宏一　日本経済新聞社

（あとがき）

届いた手紙を開くと〝宿題〟のタイトルが飛び込んだ。相変わらずサプライズ好きの顔が浮かぶ。

文字を追うと〝本3冊、読んで感想を述べよ〟とある。書籍名を指定しているが、どれも読んだことがない。作家の一人、川端康成《かわばたやすなり》だけは知っている。

手紙の終りに追伸〝内緒〟とある。〝内緒〟が何を意味しているのか分からないが、思わず微笑んでしまった。

自動ドアが開くと雪崩の如く本が押し寄せ、私の瞳を埋め尽くす。昔から本屋は苦手だ。私には異空間そのもの。そこにいる人間が皆、利口に見え無用な劣等感に襲われる。

まずは店内の案内板を見渡し、足を進めた。最初に川端康成。年に数回しか立ち寄らないところだけに、なかなか見つからない。

立ち読みしている輩が、怪訝《けげん》な目を向けるが気にせず探しまくる。川端を見つけ、源氏を見つけ、最後に渡辺を手にした。その瞬間、思わず「やったー」と叫んでしまった。

マニュアル通りの笑顔で処理する店員に会計を済ませ店を出た。街路地には黄昏《たそがれ》がひろがり、通り過ぎる車にライトが灯り始めた。

最初に、川端康成の〝片腕〟を読むことにした。〝伊豆の踊り子〟や〝雪国〟は知っているが、この本は初めて。と言うものの、〝伊豆の踊り子〟や〝雪国〟すら、読んだことがない。

そもそも文学に無縁の人生を送ってきた。しかし、懸命に文字を追う私が存在する。あの時、思わず微笑んでしまった照れなのか、分からない。

行を追うにつれ、難解極まりないことを悟った。知っている作家で、それも文庫本と高を括って読み始めたことに後悔した。それでも短編故に、なんとか投げ出さず最後まで読むことができた。

有名画家の絵を観て、すばらしさをなんとか分かろうとする感覚に似ている。純文学は〝難しい〟の一語に尽きる。小頭が痛いのは〝片腕〟のせいか。

二冊目、また文庫本を手にした。源氏鶏太《げんじけいた》の〝ひまわり娘〟。読むにつれ時代が違うことに気づく。

昭和20年代、私は生まれていない。

ものの見方、考え方が、平成とは大きく乖離《かいり》している。補正しながら読み進まなければならない。

しかし、いつの時代も男と女の抱く恋心は同じであることは理解できた。〝ひまわり娘〟は、その描写がうまく表現されている。

読むにつれ容易にラストシーンは想像できたが、馥郁《ふくいく》たる東風《こち》に誘われるように最終頁に辿り着いた。ラストは接吻、平成の時代では物足りなさは否めないが、小説全体が清澄にして恬然《てんぜん》な境地に誘う。「片腕」に比べ、心地よさが残った一冊だ。

ついに三冊目、渡辺淳一《わたなべじゅんいち》の〝愛の流刑地〟に辿り着いた。今回も小頭が痛くなる小説ではないかと不安が過ぎった。本自体が分厚い、それも上下2巻。

5月に突入することは間違いない分量であったが、連休が控えていることで希望がもてた。まずは、軽い気持ちで読み始める。読んでいるうちに、まったく異次元の世界に突入したことに気づいた。

しかも前2冊に比べ、格段に面白い。読むにつれ、わくわくドキドキ、心が躍る。そして、時には躰の芯から熱いものが込み上げてくる。読んではいけないものに出くわした感さえある。

やっとのことで読み終えた時には、いままで抱いていた〝愛〟について、改めて自問するに至った。

これまで築いてきた〝愛〟が、本当の〝愛〟なのかと言うことを…

5月に突入することなく宿題3冊を読了した。そして宿題の回答を早めることを決めた。

ドアを開けると、豪勢な家具と瀟洒《しょうしゃ》なクロスに彩られた部屋がそこにあった。中央には白い革張りのソファがあり、宿題の主がソファの右側に座っている。ソファは二人掛け、主の左側が空いている。そこしか座るところのないことを悟った。

昔と変わらない笑顔が振り向き「しばらく」と口を開いた。

まだ宿題の整理がしきれていない脳がじゃまし、微笑むこともできず、ぎこちなく「こんにちは」と返すだけ。

主はいきなり「宿題どうだった？」と言い放った。あの頃もそうだったが、自己チュウな性格は今も変わってない。

少し間を置き、「片腕は難しく、よく分からなかった。ひまわり娘は時代遅れだったけど爽やかで気持ちよく読めた。愛の流刑地は、う～んと、…やっぱり難しかった…愛の形にも色々あるのね、冬香さん、幸せだったのかな～」と言うのが私には精一杯。

主はこれにどう反応するか、宿題のなぞが解き明かされる期待で胸が高鳴った。主はおもむろに立ち、サイドボードから一本のボトルを取り出した。ボトルには〝百年の孤独〟とある。

グラスに、球状の氷を入れ〝百年の孤独〟を注ぎ、また静かにソファに腰をおろした。

「焼酎もバカにできないね、〝百年の孤独〟は、そのへんのブランディより断然、美味いよ」と言うなり一口、流し込んだ。

「…」

お酒の味など分からない私には無縁のしぐさであるが、ネーミングといい、少し琥珀《こはく》がかった色といい、〝百年の孤独〟を少しでいいから口にしたいという妙な気持ちが湧いた。

そんな心の機微を察したのか「そんじょそこらでは飲めないお酒だよ、ちょっと飲んでみな」とグラスを口元に寄せた。これも変わらない強引さと、心の中で呟きながらも、飲んでみたいという正直な気持ちが、小さく口を開けた。

主の右手が傾けられ、〝百年の孤独〟が口から喉へと流れ落ちた。喉を通過した瞬間、アルコールをいち早く脳が感知した。今まで経験したことのない喉への刺激で「ゲボッ、ゲホッ」と咽《むせ》た。（なに、これ）と思わず、心が叫んだ。

そんなことは、お構いなしに「美味しいでしょう」と誇らしげに言い放ち、主はまた一口、嚥下《えんげ》した。

宿題のことなど忘れたかのように、高校時代のクラスメートのこと、大学受験のこと、サラリーマンになってからのことを延々と喋りまくる。話は昔から上手く、ウィットにとんでいたので、しばし聞き手に徹した。

主は〝百年の孤独〟のせいか、さらに饒舌《じょうぜつ》になった。

急に〝おでこ〟の話に移った。

「そうだ、覚えている？おでこ、どっちが広いおでこか、くっつけ合ったことあったよね、こんなふうに」と、言うなり私の肩を引き寄せ、おでこを私の額に近づけようとした。

主のおでこが、私のおでこに触れる前に、〝百年の孤独〟のせいか、私の躰がふわっと前のめりになった。おでこをくっつけるはずが、なぜか唇に変わっていた。しかし、お互いにそうなるものと悟っていたかのように目を閉じ、しばらく唇を重ねた。

やさしく甘美な時が流れ、二人の心は若かりしあの頃に戻った。そして満足し力尽きたように、お互いの唇が離れた。

その時、互いの唇から一本の透明な筋が別れを惜しむかのように細く伸びた。やがてその筋は切なく消えた。

と、その時、私の右腕が白いソファの上にゆっくりと抜け落ちた。主はその右腕をやさしく持ち上げ、唇をあてた。そして、右腕を抱え別室へと去った。

右腕を失った私には、もはや動けるだけの力がなかった。倒れ掛かった躰を渾身《こんしん》の力で起こし、主に向かって叫んだ。

「私はここよ」と…

叫び終えた時、私の耳にベッドの鈍い軋《きし》む音が聞こえ、壁掛けの6時を指す針がぼんやりと見えた。

「夢だったの?…」と、力なく呟き、静かに躰を起こしカーテンを開けた。

外は濃い霧で覆われている。窓を開けると冷気が私の躰を包む。

夢のせいか、パジャマがしっとりと肌につく。

（了）

〝あとがき〟らしからぬ書き出しは「宿題」という私が初めて執筆した小説です。勤めていた会社（一関市）の保健師に勧められ、入会した健康ＳＮＳに掲載した短編小説でもあります。健康ＳＮＳは、健康に関する日々の話題をアップするのが主旨のようですが、面白みのない日記に飽きてしまい、作家気取りで書いた「宿題」を確信犯的にアップしたのです。

するとと、日記に欠かさずコメントをくれる女性二人から、いつものようにコメントがあったのです。

――宮嶋さん、やりますね！　まるで映画を観ているようでした。この２人の関係がすごーく気になります。それと〝宿題〟の意図が謎めいて。当然、続きがあるんですよねっ？

――宮嶋さん、私もエビコさんと同じく情景が浮かんできました。この小説は、ノンフィクションですか？フィクションですか？　彼女は、遠い昔の恋に、今も憧れ続けているのでしょうね。　いつか結ばれて欲しいな
感嘆コメントに正直驚いたのと、続きを期待していることに〝豚もおだてりゃ木に登る〟の俚諺《りげん》の如く、調子に乗ってしまい、その後の展開を呻吟苦悶《しんぎんくもん》しながらも書き上げたのです。

こんな些細な体験で、私は小説創作の面白さに目覚めてしまい、次は何を書こうかと思案し始めた頃でした。会社の合併話が持ち上がったのです。ならばこの機に、今まで勤めてきた会社をモデルに次作を書こうと決めたのです。

その後、会社は残念なことに閉鎖となり、さらに売却されることになってしまったのです。

完成した小説は、いつも友人や知人にコピーし感想を聴くのですが、今回は思い出多い

会社をモデルにした小説故に、是非とも本にして世に出したいという考えに至ったのです。

そんなことを胸の内に秘めながら客先を訪問したとき、若かりし頃に一関記者クラブでお世話になった那須照市氏に偶然にも出会ったのです。暫《しばら》くぶりに顔を合わせた那須氏とは、時間も忘れ昔話やよもやま話で大いに盛り上がったのです。もちろん私が小説を書いていることも話題に出し、出版を考えているという小説のコピーを渡したのです。すると翌日に連絡があり、是非出版しましょうという話になり、那須照市氏に背中を押された形で出版を決意したのでした。

那須照市氏にはその後も本の完成に向け、編集・校正と記者時代の手腕を存分に発揮いただき、さらには印刷の手配まで一切のご支援をいただいたのです。

この場を借りて、那須照市氏の変わらぬ友情に感謝を申し上げる次第であります。

また出版にあたり、大手出版社にも引けを取らない本に仕上げてくれました川嶋印刷㈱

にも衷心より感謝申し上げる次第であります。
最後に道楽と言われても仕方ない自費出版に快く賛成し、陰ながら支援してくれた妻に感謝したいと思います。

令和5年9月15日　宮嶋　淳四朗

本書は、フィクションであり、実在の個人・団体等は一切関係ありません。

《著者プロフィール》

宮《みや》 嶋《じま》 淳四朗《じゅんしろう》

1955年（昭和30年） 宮城県栗原市生まれ

1974年（昭和49年） 宮城県岩ケ崎高等学校卒業

同年、大手電機メーカーに入社。総務人事・経営企画業務に従事。

本書の他に「時空《じくう》の仮面《かめん》たち」「マリッジブルー」「女《め》狐《ぎつね》と古狸《ふるだぬき》」「シナリオ」「情欲《じょうよく》を抱《いだ》いて」「青《あお》き閃光《せんこう》の彷徨《かなた》」「人首《ひとかべ》の追憶《ついおく》と残滓《ざんし》」「スタイリングチェアーに凭《もた》れて」の作品があり、今後の出版に向け企画検討中。

高卒　竜馬がゆく

令和 5（2023）年 9 月 15 日初版発行

著　者　　宮嶋　淳四朗

発売元　イー・ピックス
〒 022-0002
岩手県大船渡市大船渡町字山馬越 44-1
TEL.0192-26-3334　FAX.0192-26-3344
https://epix.co.jp　contact@epix.co.jp

印刷所　川嶋印刷株式会社
〒 029-4194
岩手県西磐井郡平泉町平泉字佐野原 21
TEL.0191-46-4161　FAX.0191-46-4165

◎本書の無断複製（コピー、スキャン、デジタル化等）並びに無断複製物の譲渡および配信は、著作権法上の例外を除き禁じられています。また、本書を代行業者等の第三者に依頼して複製する行為は、たとえ個人や家庭内での利用であっても一切認められておりません。
◎乱丁・落丁の際の問い合わせ先は川嶋印刷株式会社までご連絡ください。
◎定価はカバーに表示してあります。

© Junshirou Miyajima　2023　Printed in Japan

ISBN　978-4-901602-82-2